大头儿子和小头爸爸

打不开的门

★ 郑春华 著

拼音版

U0133166

少年儿童出版社

目录

来自一个小城市的邀请

有一个小城市，一共有一百个市民，因为这些市民互相都认识，所以这个小城市的市长就由这些市民们自己来选举，他们每年选一次，选他们喜欢的、有趣的人来当他们的市长。

最近这个小城市的市民，听说了许多关于另一个城市里的大头儿子和小头爸爸的故事，于是这次选举日即将到来的时候，就有人提出邀请大头儿子

和小头爸爸来给他们当一年市长。这
个提议立刻获得全市人民的欢迎，有的
市民高兴得当场就把帽子扔到空
中；还有的市民马上手拉手跳起民族
舞……这一天在这个城市的广场上
歌声不断，笑声不断。

第二天早上，即将结束任期的市
长就给大头儿子和小头爸爸写了一封
邀请信，把这一切都告诉给了他们，并
且问他们愿意不愿意来当市长。

"当然愿意！"大头儿子和小头爸爸
当即就对着邀请信大声回答，就好像

nà ge shì zhǎng bǎ tā de yì zhī ěr duo yě jiā zài xìn zhōng
那个市长把他的一只耳朵也夹在信中

jì lai le yí yàng
寄来了一样。

kě shì shì zhǎng zhǐ néng yǒu yí gè   shuí lái dāng fù
可是市长只能有一个，谁来当副

shì zhǎng ne
市长呢？

nǐ dāng fù shì zhǎng   Dà tóu ér zi zhǐ zhe Xiǎo
"你当副市长！"大头儿子指着小

tóu bà ba
头爸爸。

nǐ dāng fù shì zhǎng   Xiǎo tóu bà ba zhǐ zhe Dà
"你当副市长！"小头爸爸指着大

tóu ér zi
头儿子。

zuì hòu tā men zhǐ hǎo xiě xìn qù wèn yuán lái de shì
最后他们只好写信去问原来的市

zhǎng   yuán lái de shì zhǎng jiù ràng yì bǎi gè shì mín jìn xíng
长，原来的市长就让一百个市民进行

tóu piào xuǎn jǔ   kě zuì hòu de jié guǒ ràng shì zhǎng dà shāng
投票选举，可最后的结果让市长大伤

nǎo jīn   yǒu wǔ shí gè shì mín xuǎn Dà tóu ér zi dāng shì
脑筋：有五十个市民选大头儿子当市

zhǎng　Xiǎo tóu bà ba dāng fù shì zhǎng　ér yǒu lìng wài wǔ
长，小头爸爸当副市长；而有另外五

shí gè shì mín xuǎn Xiǎo tóu bà ba dāng shì zhǎng　Dà tóu ér
十个市民选小头爸爸当市长，大头儿

zi dāng fù shì zhǎng
子当副市长。

Dà tóu ér zi hé Xiǎo tóu bà ba jiē dào zhè yàng de xìn
大头儿子和小头爸爸接到这样的信

yǐ hòu　zhǐ hǎo xiān chū fā zài shuō　yīn wei mǎ shàng jiù yào
以后，只好先出发再说，因为马上就要

guò xīn nián le　yě jiù shì shuō xīn shì zhǎng mǎ shàng jiù yào
过新年了，也就是说新市长马上就要

shàng rèn le
上任了。

zhè tiān tā men zài zhè ge xiǎo chéng shì de guǎng chǎng
这天他们在这个小城市的广场

shang xiǎng chu le　yí gè jìng xuǎn shì zhǎng de hǎo bàn fǎ
上想出了一个竞选市长的好办法：

dǐng tóu　shuí shū shuí dāng fù shì zhǎng　yì bǎi gè shì mín zhī
顶头，谁输谁当副市长。一百个市民知

dao le zhè ge jìng xuǎn fāng shì　yǒu jiǔ shí bā gè shì mín zǎo
道了这个竞选方式，有九十八个市民早

zǎo de gǎn lai guān kàn　yīn wei yǒu yí gè shì mín shì diàn huà
早地赶来观看(因为有一个市民是电话

zǒng jī de jiē xiàn yuán　　bù néng lí kāi　　yǒu yí gè xiǎo hái
总机的接线员，不能离开；有一个小孩

zi zài chū shuǐ dòu　　bù néng chū mén　　　tā men yǐ jing xǐ
子在出水痘，不能出门），他们已经喜

huan shang le tā men de xīn shì zhǎng　　　bù guǎn shì shuí
欢上了他们的新市长，不管是谁

dāng　　　yīn wei Dà tóu ér zi hé Xiǎo tóu bà ba jìng shì zhè me
当。因为大头儿子和小头爸爸竟是这么

yǒu qù de rén
有趣的人。

dǐng tóu kāi shǐ le　　　yǒu sì shí jiǔ gè shì mín bāng Dà
顶头开始了，有四十九个市民帮大

tóu ér zi zhù wēi　　　Dà tóu ér zi jiā yóu　　Dà tóu ér zi jiā
头儿子助威："大头儿子加油！大头儿子加

yóu　　　hái yǒu sì shí jiǔ gè shì mín bāng Xiǎo tóu bà ba zhù
油！"还有四十九个市民帮小头爸爸助

wēi　　Xiǎo tóu bà ba jiā yóu　　Xiǎo tóu bà ba jiā yóu　　　Dà
威："小头爸爸加油！小头爸爸加油！"大

tóu ér zi hé Xiǎo tóu bà ba xī gài guì zài dì shang　　tóu duì
头儿子和小头爸爸膝盖跪在地上，头对

zhe tóu cóng tài yáng shēng qǐ dǐng dào tài yáng xià shān　　dǐng
着头从太阳升起顶到太阳下山，顶

de tóu dǐng dōu āo xia qu le　　　dà tóu xiàng dà wǎn　　xiǎo
得头顶都凹下去了——大头像大碗，小

tóu xiàng xiǎo wǎn　　dǐng de dì miàn shang shī lù lù de quán
头 像 小 碗 ，顶 得 地 面 上 湿 漉 漉 的 全

shì hàn shuǐ　kě réng rán bù fēn shū yíng
是 汗 水 ，可 仍 然 不 分 输 赢 。

　　　　zuì hòu hái shi lǎo shì zhǎng fā huà le　　nǐ men liǎng
　　最 后 还 是 老 市 长 发 话 了 ："你 们 两

gè dōu dāng fù shì zhǎng ba　　shì zhǎng hái shi yóu wǒ lái
个 都 当 副 市 长 吧 ！市 长 还 是 由 我 来

dāng
当 。"

　　　bù　　méi xiǎng dào jiǔ shí bá gè shì mín yì qǐ hǎn
　　"不 ！"没 想 到 九 十 八 个 市 民 一 起 喊

qi lai　　jiù ràng Dà tóu ér zi hé Xiǎo tóu bà ba quán dāng
起 来 ，"就 让 大 头 儿 子 和 小 头 爸 爸 全 当

shì zhǎng ba　　yīn wei tā men shí zài tài yǒu qù le　　tài ràng
市 长 吧 ！因 为 他 们 实 在 太 有 趣 了 ！太 让

wǒ men gāo xìng le
我 们 高 兴 了 ！"

　　　zuì hòu jiù zhè me jué dìng　　Dà tóu ér zi hé Xiǎo tóu
　　最 后 就 这 么 决 定 ：大 头 儿 子 和 小 头

bà ba dōu dāng shì zhǎng　　zài zhè ge xiǎo chéng shì jǐ bǎi nián
爸 爸 都 当 市 长 。在 这 个 小 城 市 几 百 年

de xuǎn jǔ lì shǐ shang zhè shì cóng lái méi you guò de
的 选 举 历 史 上 这 是 从 来 没 有 过 的 。

chī píng guǒ xíng fá
吃苹果刑罚

　　yí dà zǎo　　yì qún shì mín jiù jiū zhe yí gè jiān tóu nán
一大早，一群市民就揪着一个尖头男

rén yǒng dào shì zhǎng bàn gōng shì bào gào　　tā zuó tiān bàn
人涌到市长办公室报告："他昨天半

yè li tōu le lín jū de yì běn màn huà shū
夜里偷了邻居的一本漫画书！"

　　Xiǎo tóu bà ba wèn　　　nǐ men yuán lái duì tōu dōng xi
小头爸爸问："你们原来对偷东西

de chǔ fá shì shén me
的处罚是什么？"

　　　dào guǒ yuán li qù zhòng shí kē píng guǒ shù　　　yí
"到果园里去种十棵苹果树！"一

gè dà bí zi shū shu huí dá
个大鼻子叔叔回答。

“什么？”大头儿子一下子蹿出来，

“种十棵苹果树？太好玩了！怪不得

他要去偷东西。”

“种树有什么好玩的？那你说该怎

么处罚？”大鼻子叔叔抠着大鼻子问。

“罚他连吃一百个苹果还差不多。”

大头儿子刚说完，几个小孩子就

欢呼起来：“对！罚他吃苹果！越多越好！

苹果树我们去种！”

那个偷东西的人听了捂着嘴直乐，

心想这个大头市长真好。

市民们揪着小偷跟着大头儿子一起

来到果园，大头儿子和小朋友们先爬
到苹果树上摘苹果。

"以前在家里我妈妈只给我吃苹果，
从来没让我摘过苹果。"大头儿子边摘
边说。

"我妈妈每天逼我吃三个大苹果，可
我却不知道苹果是怎么种出来的。"一
个脸就跟大苹果似的小胖子说。

一百个苹果很快就摘好了，它们分
放在三个大箩筐里。

"把小偷押过来罚吃！"大头儿子一
声令下，市民们就揪着小偷往这边走

guo lai le　　xiǎo tōu dà gài shí zài biē bu zhù xīn li de gāo
过 来 了。小 偷 大 概 实 在 憋 不 住 心 里 的 高

xìng jìn er　　jìng yí lù shang　　gē gē gē gē　　xiào zhe zǒu
兴 劲 儿 , 竟 一 路 上 " 咯 咯 咯 咯 " 笑 着 走

guo lai
过 来。

　　　dà bí zi shū shu　hēng　le yì shēng　　dī shēng gū
大 鼻 子 叔 叔 " 哼 " 了 一 声 , 低 声 咕

lu zhe　　nǎ yǒu zhè zhǒng xíng fá　ràng xiǎo tōu gāo xìng de
噜 着 :" 哪 有 这 种 刑 罚 ? 让 小 偷 高 兴 得

xiào qi lai
笑 起 来!"

　　　yí wèi ěr duo shang zhǎng zhe ròu gē da de bó bo yě
一 位 耳 朵 上 长 着 肉 疙 瘩 的 伯 伯 也

gēn zhe dī shēng shuō　　zhè yàng néng ràng xiǎo tōu gǎi hǎo
跟 着 低 声 说 :" 这 样 能 让 小 偷 改 好

ma
吗 ?"

　　　xiǎo tōu zuò zài luó kuāng biān　　gē zhī gē zhī　　kāi shǐ
小 偷 坐 在 箩 筐 边 " 咯 吱 咯 吱 " 开 始

gāo xìng de chī píng guǒ　　yì kāi shǐ tā zhuān tiāo dà de chī
高 兴 地 吃 苹 果 , 一 开 始 他 专 挑 大 的 吃 ,

chī de yòu kuài yòu xiāng　　chī de yì biān kān guǎn tā de rén
吃 得 又 快 又 香 , 吃 得 一 边 看 管 他 的 人

zhí yàn kǒu shuǐ　　qì de dà bí zi shū shu bí kǒng kuài mào
直咽口水，气得大鼻子叔叔鼻孔快冒

yān le
烟了。

　　Dà tóu ér zi dài zhe yì qún xiǎo péng yǒu zài lìng yì
大头儿子带着一群小朋友在另一

biān kāi shǐ zhòng píng guǒ shù　　tā men yóu guǒ nóng dài zhe
边开始种苹果树，他们由果农带着，

xiān wā kēng　　rán hòu wǎng kēng li fàng xia xiǎo shù miáo
先挖坑，然后往坑里放下小树苗，

zài jiāng tǔ gài shang qu　　zuì hòu zài jiāo shuǐ　　tā men zhēng
再将土盖上去，最后再浇水。他们争

lai zhēng qu　　yào me qiǎng zhe wā kēng　　yào me zhēng zhe
来争去，要么抢着挖坑，要么争着

mái shù　　yí gè gè gàn de mǎn liǎn tòng hóng　　kāi xīn de
埋树，一个个干得满脸通红，开心得

yào mìng
要命。

　　zhè bian xiǎo tōu chī dào dì èr shí ge dà píng guǒ shí
这边小偷吃到第二十个大苹果时，

sù dù kāi shǐ màn xia lai le　　ér qiě gǎi tiāo xiǎo de chī　liǎn
速度开始慢下来了，而且改挑小的吃，脸

shang de biǎo qíng yě bú xiàng gāng cái nà me gāo xìng le
上的表情也不像刚才那么高兴了；

等到吃第三十个时，小偷开始轻轻哭起

来："呜呜呜……我实在吃不下了！"

"不行，你一定要吃完，这是大头市

长的命令！"大鼻子叔叔的心情终于

好了起来。

"呜呜……我不该偷别人的漫画书

……我今后一定改正……阿嚏！"小偷

越哭越响，还打了一个大喷嚏，只见从

他的嘴巴里、鼻子里和耳朵里喷出一大片

苹果渣渣。听见小偷的话，大鼻子叔叔和

肉疙瘩伯伯露出了惊讶的表情："没想

到吃苹果真的比种苹果还管用！大头

shì zhǎng zhēn liǎo bu qǐ
市长 真了不起！"

hòu lái zhēng de Dà tóu ér zi tóng yì xiǎo tōu méi
后来 征得大头儿子同意， 小偷没

you chī wán yì bǎi gè dà píng guǒ
有吃完一百个大苹果。

suī rán zhè ge xiǎo tōu cóng cǐ yǐ hòu zài yě méi you tōu
虽然这个小偷从此以后再也没有偷

guo dōng xi bú guò tā què dé le yì zhǒng guài bìng nà jiù
过东西，不过他却得了一 种 怪病，那就

shì kàn jian píng guǒ huì xià de dà kū dà jiào
是看见苹果会吓得大哭大叫。

bà ba bǎo mǔ
爸爸保姆

zhōng wǔ　　Dà tóu ér zi hé Xiǎo tóu bà ba zài shì
中午，大头儿子和小头爸爸在市

zhǎng bàn gōng shì li chī le wǔ fàn gāng xiǎng xiū xi yí huì
长办公室里吃了午饭刚 想休息一会，

hū rán jiē dào yí gè jiào Pí pi de nán hái zi dǎ lai de
忽然接到一个叫"皮皮"的男孩子打来的

diàn huà tā zài diàn huà li biān kū biān shuō wǒ wán qiú
电话，他在电话里边哭边说："我玩球

de shí hou bù xiǎo xīn dǎ suì le yí kuài bō li wǒ bà ba jiù
的时候不小心打碎了一块玻璃，我爸爸就

dǎ wǒ hái bú ràng wǒ chī wǔ fàn wǒ xiàn zài dù zi dōu è
打我，还不让我吃午饭，我现在肚子都饿

téng le wū wū
疼了，呜呜……"

小头爸爸非常生气，说："我们现在立刻去一次，我要惩罚皮皮的爸爸，他对孩子太没有耐心了！"

当皮皮的爸爸一看见两位市长走进来，就知道儿子偷偷告了他的状，他一边站起来，一边狠狠瞪了儿子一眼："两位大市长，你们好！想不想来点鸡腿或者美味的葡萄酒啊？"他的声音听上去很不自然。

"还是留着你自己享用吧！"小头爸爸忿忿地说，"我罚你明天去猴子公寓当一天爸爸保姆，练一练你的耐心！"

yào shi nǐ gǎn dǎ hóu zi　　wǒ jiù fá nǐ gěi hóu zi
"要是你敢打猴子，我就罚你给猴子

dāng shí tiān　yì bǎi tiān bà ba bǎo mǔ　　Dà tóu ér zi qì
当 十 天 、一 百 天 爸 爸 保 姆！"大 头 儿 子 气

de wò qi quán tóu
得 握 起 拳 头 。

Pí pi de bà ba yì tīng dùn shí méi le shēng yīn　guò
皮皮的爸爸一听顿时没了声音，过

le hǎo yí huì cái shuō　　shì
了好一会才说："是！"

zhè tiān wǎn shang　　Pí pi de bà ba yí yè méi shuì
这天晚上，皮皮的爸爸一夜没睡

hǎo　gěi hóu zi dāng bǎo mǔ kěn dìng yào bǐ gěi ér zi dāng
好，给猴子当保姆肯定要比给儿子当

bǎo mǔ nán duō le　kuàng qiě yòu shì nà me duō de hóu zi
保姆难多了，况且又是那么多的猴子，

hái bù néng dǎ tā men　　yí dà zǎo tā mī zhe hóng zhǒng
还不能打它们……一大早他眯着红肿

de yǎn jing jiù qǐ lai le　fān chū Pí pi de shuǐ qiāng　tōu tōu
的眼睛就起来了，翻出皮皮的水枪，偷偷

chā zài kù yāo dài shang　yào shì hóu zi shí zài tiáo pí　jiù
插在裤腰带上，要是猴子实在调皮，就

yòng shuǐ qiāng shè tā men　ràng tā men lǎo shi
用 水 枪 射 它 们 ，让 它 们 老 实 。

18

dāng Pí pi de bà ba zǒu jìn hóu zi gōng yù de shí
当 皮 皮 的 爸 爸 走 进 猴 子 公 寓 的 时

hou yǒu de hóu zi yǐ jing xǐng le yǒu de hóu zi hái méi you
候 , 有 的 猴 子 已 经 醒 了 , 有 的 猴 子 还 没 有

xǐng yě xǔ jīn tiān de bǎo mǔ ràng tā men jué de mò shēng
醒 。 也 许 今 天 的 保 姆 让 它 们 觉 得 陌 生 ,

lì kè jiù yǒu hóu zi fā chū yì shēng guài jiào yú shì suǒ yǒu
立 刻 就 有 猴 子 发 出 一 声 怪 叫 , 于 是 所 有

de hóu zi dōu xǐng le zhàn zài zì jǐ de chuáng shang dīng
的 猴 子 都 醒 了 , 站 在 自 己 的 床 上 盯

zhe zhè wèi bà ba bǎo mǔ kàn
着 这 位 爸 爸 保 姆 看 。

kàn shén me kàn gǎn kuài gěi wǒ chū qu wǒ yào dǎ
"看 什 么 看 ? 赶 快 给 我 出 去 , 我 要 打

sǎo wū zi le shuō zhe tā ná qi sào zhou dōng sǎo yí
扫 屋 子 了 ! " 说 着 , 他 拿 起 扫 帚 , 东 扫 一

xià xī huī yí xià xiǎng bǎ hóu zi men gǎn dào wài mian
下 , 西 挥 一 下 , 想 把 猴 子 们 赶 到 外 面

qù
去 。

hóu zi men jiàn zhè wèi bà ba bǎo mǔ zhè me bú kè
猴 子 们 见 这 位 爸 爸 保 姆 这 么 不 客

qi lì kè pū shang qu qiǎng tā de sào zhou yì zhī xiǎo
气 , 立 刻 扑 上 去 抢 他 的 扫 帚 。 一 只 小

猴子不知从哪里找到一只铁皮碗，竟跳到他肩上，把碗倒扣在他头上。

"叽哩叽哩……"猴子们高兴地叫着，还使劲拍手。

皮皮的爸爸顿时气坏了，他一下从腰间拔出水枪，就瞄准那只扣碗的小猴子……可他还没射呢，水枪却不知怎么到了一只老猴子手里，他反被老猴子瞄准，"嗞——嗞——"地连续挨着水枪扫射，躲也躲不开，最后他不得不在猴子们的大叫大笑声中双手抱住脑袋直往外逃……

"哈哈哈哈……太好玩了！你以为猴子就那么好欺负？"原来是大头儿子一直在外面看着呢，"要不要我帮帮你啊？"

"谢谢大头市长，要！要！"皮皮的爸爸连忙说，他都快要哭出来了。

只见大头儿子走进去一吹口哨，猴子们就立刻安静下来，那只老猴子也乖乖地把水枪交给了大头儿子。大头儿子又吹一下口哨，猴子们就往门外跑去了，它们来到花园里，有的荡秋千，有的爬树，有的亲昵地吊在大头儿子的胳膊上……

Pí pi de bà ba zài kòng chu lai de fáng jiān li yì
皮皮的爸爸在空出来的房间里一
biān dǎ sǎo yì biān wǎng wài kàn xīn li zhēn shì qí guài jí
边打扫，一边往外看，心里真是奇怪极
le
了！

bú guò wèi le zài yě bù gěi hóu zi dāng bà ba bǎo
不过为了再也不给猴子当爸爸保
mǔ Pí pi de bà ba duì pí pi nài xīn duō le zài yě méi
姆，皮皮的爸爸对皮皮耐心多了，再也没
dǎ guo Pí pi
打过皮皮。

hā hā xiào ér tóng yī yuàn

哈哈笑儿童医院

Dà tóu ér zi jīn tiān gǎn mào　Xiǎo tóu bà ba péi tā
大头儿子今天感冒，小头爸爸陪他

qù ér tóng yī yuàn kàn bìng
去儿童医院看病。

tā men hái méi you zǒu jìn ér tóng yī yuàn　jiù tīng jian
他们还没有走进儿童医院，就听见

cóng lǐ miàn chuán lai hái zi de kū shēng hé dà rén xīn téng
从里面传来孩子的哭声和大人心疼

de ān wèi shēng
的安慰声。

Dà tóu shì zhǎng　nǐ xū yào dǎ yì zhēn　yī shēng
"大头市长，你需要打一针。"医生

23

jiǎn chá hòu shuō
检查后说。

Dà tóu ér zi píng shí zuì pà dǎ zhēn le　kě xiàn zài
大头儿子平时最怕打针了，可现在

tā shì shì zhǎng　suǒ yǐ zhǐ néng yìng xiào zhe shuō　wǒ hěn
他是市长，所以只能硬笑着说："我很

yǒng gǎn　wǒ dǎ zhēn bù kū de
勇敢，我打针不哭的！"

Xiǎo tóu bà ba lǐng Dà tóu ér zi wǎng dǎ zhēn de dì
小头爸爸领大头儿子往打针的地

fang zǒu qu shí　yòu kàn jian hěn duō xiǎo hái kū zhe cóng tā
方走去时，又看见很多小孩哭着从他

men shēn biān zǒu guo　hái yǒu de xiǎo hái yí jiàn chuān bái yī
们身边走过，还有的小孩一见穿白衣

fu de yī shēng jiù gēn kàn dào guǐ yí yàng pīn mìng táo
服的医生就跟看到鬼一样拼命逃。

dǎ wán zhēn cóng yī yuàn huí lai　Dà tóu ér zi jiù
打完针从医院回来，大头儿子就

duì bà ba shuō　wǒ men lái zào yí gè hā hā xiào ér tóng
对爸爸说："我们来造一个哈哈笑儿童

yī yuàn ba
医院吧！"

Xiǎo tóu bà ba shuō　zhè bù kě néng　yī yuàn zǒng
小头爸爸说："这不可能，医院总

shì dǎ zhēn chī yào de dì fang　néng hā hā xiào qǐ lai ma
是打针吃药的地方，能哈哈笑起来吗？"

　　　néng　　　jiē xia lai Dà tóu ér zi shì duì zhe Xiǎo tóu
　　"能！"接下来大头儿子是对着小头

bà ba de ěr duo qiāo qiāo shuō de
爸爸的耳朵悄悄说的。

　　　wèi le gěi shì mín yí gè jīng xǐ　liǎng wèi shì zhǎng jué
　　为了给市民一个惊喜，两位市长决

dìng jiàn zào hā hā xiào ér tóng yī yuàn zài mì mì zhōng jìn
定建造哈哈笑儿童医院在秘密中进

xíng
行。

　　　yí gè yuè yǐ hòu de yí gè shàng wǔ　shì zhǎng bàn
　　一个月以后的一个上午，市长办

gōng shì li de diàn huà xiǎng gè bù tíng
公室里的电话响个不停：

　　　wèi　shì shì zhǎng bàn gōng shì ma　wǒ men zhǎo bu
　　"喂，是市长办公室吗？我们找不

dào ér tóng yī yuàn le
到儿童医院了！"

　　　wèi　shì dà tóu shì zhǎng ma　qǐng wèn wǒ men chéng
　　"喂，是大头市长吗？请问我们城

shì de ér tóng yī yuàn bān dào nǎ er qù le
市的儿童医院搬到哪儿去了？"

Dà tóu ér zi hé Xiǎo tóu bà ba bù tíng de ná qǐ diàn
大头儿子和小头爸爸不停地拿起电

huà huí dá jiù zài yuán lái de dì fang ya
话回答:"就在原来的地方呀!"

yuán lái de dì fang kàn bu jiàn yī yuàn zhǐ yǒu yí
"原来的地方看不见医院,只有一

gè dòng huà chéng
个动画城。"

nà bú shì dòng huà chéng nà shì xīn kāi de hā hā
"那不是动画城,那是新开的哈哈

xiào ér tóng yī yuàn
笑儿童医院……"

shì mín men tīng le hěn jīng yà yì lùn fēn fēn rán hòu
市民们听了很惊讶,议论纷纷,然后

dài zhe hái zi shì tàn zhe wǎng lǐ miàn zǒu
带着孩子试探着往里面走。

hā hā xiào ér tóng yī yuàn li shì kàn bu jiàn bái yán
哈哈笑儿童医院里是看不见白颜

sè de tā de qiáng bì yào me shì fěn hóng sè de yào me
色的。它的墙壁要么是粉红色的,要么

huà mǎn le gè zhǒng xiǎo dòng wù hé gè zhǒng huā duǒ
画满了各种小动物和各种花朵。

hā hā xiào ér tóng yī yuàn li shì kàn bu jiàn chuān bái
哈哈笑儿童医院里是看不见穿白

衣服的医生和护士的。医生穿着各

种动画明星的服装,有唐老鸭、米

老鼠,有花生狗、机器猫,还有孙悟空

和哪吒;护士穿着仙女一样的长裙

子、头上戴着公主一样的花边帽子。

生病的小孩起先是哭哭啼啼的,可

当医生们一走进来就立刻不哭了,有的

还笑起来,因为那位孙悟空医生在对

小朋友做鬼脸哩。

于是生病的孩子争着张大嘴巴,

让好玩的唐老鸭医生看看他们的嗓

子红不红?或者自己主动掀起衣服,让

huá jī de jī qì māo yī shēng yòng māo tóu yīng tīng zhěn qì
滑稽的机器猫医生 用猫头鹰听诊器

tīng ting tā men de xīn zàng
听听他们的心脏……

xū yào chī yào de xiǎo péng yǒu shì zuì zuì kāi xīn de
需要吃药的小朋友是最最开心的

le yīn wei nà xiē yào kàn shang qu xiàng piào liang de táng
了，因为那些药看上去像漂亮的糖

guǒ chī qi lai gèng bǐ táng guǒ hái yào hǎo chī yòu tián yòu
果，吃起来更比糖果还要好吃：又甜又

suān yǒu de hái dài zhe gè zhǒng shuǐ guǒ wèi de xiàn
酸，有的还带着各种水果味的馅。

yào shi xū yào dǎ zhēn yě bú huì yǒu hái zi kū yīn
要是需要打针也不会有孩子哭，因

wei dǎ zhēn de dì fang zhuān mén bō fàng zuì hǎo kàn de dòng
为打针的地方专门播放最好看的动

huà piàn xiǎo péng yǒu rù mí de kàn zhe lián zhēn shì shén me
画片，小朋友入迷地看着，连针是什么

shí hou dǎ wán de yě bù zhī dao
时候打完的也不知道。

shì zhǎng bàn gōng shì li de diàn huà yòu kāi shǐ xiǎng
市长办公室里的电话又开始响

gè bù tíng
个不停：

hā hā xiào ér tóng yī yuàn zhēn hǎo
"哈哈笑儿童医院真好！"

wǒ men de hái zi yí jìn qu zhēn de huì hā hā xiào
"我们的孩子一进去真的会哈哈笑！"

dāng Dà tóu ér zi jiē wán zhè xiē shì mín diàn huà yǐ
当大头儿子接完这些市民电话以

hòu zǒng yào dé yì de wèn Xiǎo tóu bà ba zěn me yàng
后，总要得意地问小头爸爸："怎么样？

dào dǐ kě néng bu kě néng a
到底可能不可能啊？"

家 长 会 和 子 女 会

jiā zhǎng huì hé zǐ nǚ huì

这天， 当 全 市 的 孩子 都 从 信 箱 里
zhè tiān dāng quán shì de hái zi dōu cóng xìn xiāng li

拿 到 一 封 "子 女 会" 的 通 知 书 时， 他 们 惊
ná dào yì fēng zǐ nǚ huì de tōng zhī shū shí tā men jīng

讶 得 好 像 看 见 了 恐 龙 一 样。
yà de hǎo xiàng kàn jian le kǒng lóng yí yàng

"子 女 会？ 难 道 我 们 也 能 去 爸 爸 妈
zǐ nǚ huì nán dào wǒ men yě néng qù bà ba mā

妈 工 作 的 地 方 开 会？"
ma gōng zuò de dì fang kāi huì

“听爸爸妈妈的老师给我们说些什么吗？”

“要是我的爸爸考试也不及格呢？”

孩子们好奇地说着，当然他们也知道这个绝妙的主意一定又是两位市长想出来的。

星期六中午吃了饭，孩子们连动画片都没看、儿童乐园也没去，就急急忙忙要往开子女会的地方去。让孩子们感到有趣的是，这天的爸爸妈妈都变得特别和气，特别耐心，特别地、特别地像他们以前学校要开家长会的那天一

样，好 像 总 在 担 心 什 么 。

"妈妈 上 班 迟 到 过 几 次 ，不 过 那 是
因 为 ……"

"爸爸这次技术考试没考好，不过那
是 因 为 ……"

当 然 也 有 一 些 爸 爸 妈 妈 就 像 老 是
在 班 级 里 得 第 一 名 的 小 朋 友 一 样 ，巴
望 着 孩 子 赶 紧 去 。

"爸爸在单位里可是数一数二的！"

"妈妈这次还拿过一个大奖 状 哩！"

直 到 孩 子 们 走 了 以 后 ，留 在 家 里 的
爸 爸 妈 妈 仍 然 坐 不 下 来 ，他 们 一 直 趴 在

窗台上 等待着，心里猜测着：要是我
的孩子知道我在单位里的那些缺点，他
还会像 从 前一样爱我吗？更有一些家
长 担心孩子会不会把自己在家里的一些
坏习惯都说出去，那有多丢脸啊！

不管家长们如何担心，子女会可
是开得很热烈、很 成 功，只见散会出来
的孩子个个兴奋得小脸红扑扑的。

"原来我的爸爸跟我一样也得77分！"

"我妈妈真好，总是帮助别人！"

"我以后早晨 上学自己起来，要让
我的妈妈多睡一会，她太累了！"

33

他们一边叽叽喳喳地说，一边都
往市长办公室走，他们要去谢谢两
位市长，给他们组织了这么好的一场
子女会。

大头儿子听完小朋友的话以后，非
常羡慕地说："可我自己还没参加过子
女会呢！"

小头爸爸说："别着急，等以后回
到我们自己的城市你就可以参加了。"

"到那时我一定要告诉爸爸的老师，
小头爸爸在家里睡懒觉，跟我抢鸡腿
吃，大便臭臭的，脚也臭臭的，上面

hái yǒu jiǎo xuǎn　　　　xiǎo péng yǒu tīng de hā hā dà xiào qi
还 有 脚 癣……"小 朋 友 听 得 哈 哈 大 笑 起

lai　　Xiǎo tóu bà ba　jí máng chōng shang qu wǔ zhù Dà tóu ér
来, 小 头 爸 爸 急 忙 冲 上 去 捂 住 大 头 儿

zi de zuǐ ba
子 的 嘴 巴。

Xiǎo míng　　kuài huí jiā ba
"小 鸣! 快 回 家 吧!"

Dōng dong bà ba mā ma zài děng nǐ ne
"冬 冬！爸 爸 妈 妈 在 等 你 呢！"

hū rán cóng chuāng wài chuán lai bà ba mā ma de hū
忽 然，从 窗 外 传 来 爸 爸 妈 妈 的 呼

huàn shēng dà jiā jí máng pǎo dào chuāng kǒu yí kàn wā
唤 声 。大 家 急 忙 跑 到 窗 口 一 看：哇！

hēi hū hū de dà jiē shang zhàn mǎn le yǎng zhe tóu de jiā
黑 糊 糊 的 大 街 上 站 满 了 仰 着 头 的 家

zhǎng men yuán lái tā men jiàn hái zi sàn huì yǐ hòu méi wǎng
长 们，原 来 他 们 见 孩 子 散 会 以 后 没 往

jiā li zǒu jìng yǐ wéi tā men de hái zi zài yě bú ài tā
家 里 走，竟 以 为 他 们 的 孩 子 再 也 不 爱 他

men le
们 了！

guǎng chǎng shang de shì zhǎng sù xiàng
广 场 上 的 市 长 塑 像

yì nián shí jiān guò de zhēn kuài Dà tóu ér zi hé Xiǎo
一年时间过得真快,大头儿子和小

tóu bà ba dāng shì zhǎng dào jīn tiān jiù jié shù le
头爸爸当市长到今天就结束了。

yí dà zǎo shì mín men dōu lái dào guǎng chǎng shang
一大早,市民们都来到广场上,

děng hòu zài shì zhǎng bàn gōng shì de dà mén qián tā men zài
等候在市长办公室的大门前,他们在

zì jǐ de huá bǎn chē shang zhā shang le gè zhǒng yán sè de
自己的滑板车上扎上了各种颜色的

xiān huā hǎo xiàng yào qù cān jiā yí gè shèng huì yí yàng
鲜花，好像要去参加一个盛会一样。

bù yí huì Dà tóu ér zi hé Xiǎo tóu bà ba yě qí zhe
不一会，大头儿子和小头爸爸也骑着

huá bǎn chē chū lai le tā men hái yào gǎn dào lìng yí gè
滑板车出来了，他们还要赶到另一个

chéng shì qù zuò fēi jī hǎo duō shì mín yōng shang qu bǎ
城市去坐飞机。好多市民拥上去，把

zì jǐ de xiān huā chā dào tā men de huá bǎn chē shang
自己的鲜花插到他们的滑板车上。

chū fā lou Dà tóu ér zi jiào le yì shēng biàn
"出发喽！"大头儿子叫了一声，便

hé Xiǎo tóu bà ba yì qǐ qí zhe huá bǎn chē xiàng fēi jī chǎng
和小头爸爸一起骑着滑板车向飞机场

huá qu
滑去。

huā huā huā suǒ yǒu de huá bǎn chē
"哗——哗——哗——"所有的滑板车

dōu gēn zài hòu mian huá qi lai zhěng zhěng gài zhù le yì tiáo
都跟在后面滑起来，整整盖住了一条

jiē jiù xiàng cān jiā yùn dòng huì shì de
街，就像参加运动会似的。

huā huā huā zhè tiān de xiǎo chéng
"哗——哗——哗——"这天的小城

里只有这一种声音，它是市民们的歌声，是为两位他们喜欢的市长而歌唱的。

滑板车滑过十七条大街、三十五棵树，就到达了另一个城市；然后再滑过七条大街和五棵树，机场就该到了。机场保安远远地看见了这支队伍，以为要出什么大事，急忙把机场的大门关上，然后又调来十个又高又胖的警察。

"这些人想干什么？"

"难道是来劫持飞机的？"

他们瞪大眼睛看着、说着，就见

长长的滑板车队在大头儿子和小头爸爸的带领下，停在了机场的门外。

"你们快回去吧，不然我们乘不上飞机啦！"小头爸爸笑着对大家说。

"我们以后还会来看你们的！"大头儿子挥着手说。

市民们只好转身离开了。警察这才打开大门，放大头儿子和小头爸爸进去，他们奇怪地盯着他俩的脑袋，竟连飞机票也忘记检查了。

而转身离开的市民并没有回家，他们都来到小城的各条大街上，想

chóng xīn kàn kan liǎng wèi kě ài de shì zhǎng wèi zhè zuò xiǎo
重 新 看 看 两 位 可 爱 的 市 长 为 这 座 小

chéng liú xia de jiàn zhù
城 留 下 的 建 筑 。

qiáo yáo kòng cè suǒ dòng wù gōng yù hā hā xiào
瞧 , 遥 控 厕 所 、 动 物 公 寓 、 哈 哈 笑

ér tóng yī yuàn kàn hái yǒu gē zài lù biān de yí jià
儿 童 医 院 …… 看 , 还 有 搁 在 路 边 的 一 架

jià wàng yuǎn jìng hé xiǎn wēi jìng ràng xiǎo péng yǒu suí shí dōu
架 望 远 镜 和 显 微 镜 , 让 小 朋 友 随 时 都

néng guān chá shù shang de niǎo mā ma zài gàn shén me shù xià
能 观 察 树 上 的 鸟 妈 妈 在 干 什 么 、 树 下

de xiǎo mǎ yǐ yòu zài wǎng dòng li yùn shén me liáng shi
的 小 蚂 蚁 又 在 往 洞 里 运 什 么 粮 食 。

wǒ zuì xǐ huan bō li wū yí gè xiǎo hái hū rán
" 我 最 喜 欢 玻 璃 屋 ! " 一 个 小 孩 忽 然

zhǐ zhe shuō zhǐ jiàn lù biān yǒu yí zuò quán bō li de tòu
指 着 说 。 只 见 路 边 有 一 座 全 玻 璃 的 透

míng fáng zi tā shì zhuān mén ràng xiǎo péng yǒu wǎn shang
明 房 子 , 它 是 专 门 让 小 朋 友 晚 上

shuì zài lǐ miàn shǔ tiān shàng de xīng xing de
睡 在 里 面 数 天 上 的 星 星 的 !

wǒ zuì xǐ huan gù shi wū yòu yí gè xiǎo hái jiào
" 我 最 喜 欢 故 事 屋 ! " 又 一 个 小 孩 叫

起来。只见拐角处有一座老式尖顶房子，房顶上有烟囱，房子里面有壁炉，每天到了晚上屋里就会亮起一盏煤油灯，然后就有一位老奶奶给小朋友讲很久很久以前的故事……

市民们越看越想念他们的大头市长和小头市长，有的还难过得流下了眼泪。于是就有人提议："我们为大头市长和小头市长在广场上立一个塑像吧，这样就像他们还跟我们在一起似的。"这个建议立刻得到了大家的同意。

不久，塑像立起来了。你猜是怎样

de sù xiàng　gào su nǐ ba　Dà tóu ér zi hé Xiǎo tóu bà ba
的 塑 像 ？告 诉 你 吧，大 头 儿 子 和 小 头 爸 爸

bú shì zhàn zhe　yě bú shì zuò zhe　ér shì pā zhe　dà tóu
不 是 站 着 ，也 不 是 坐 着 ，而 是 趴 着 ，大 头

dǐng xiǎo tóu
顶 小 头 。

　　cóng zhè tiān qǐ shì mín men zǒu guo sù xiàng dōu huì rěn
从 这 天 起 市 民 们 走 过 塑 像 都 会 忍

bu zhù qù mō mo dà tóu hé xiǎo tóu　rán hòu liě kāi zuǐ hā hā
不 住 去 摸 摸 大 头 和 小 头 ，然 后 咧 开 嘴 哈 哈

dà xiào qi lai
大 笑 起 来 。

dǎ bu kāi de mén
打不开的门

xià tiān de wǎn shang　　Dà tóu ér zi hé xiǎo huǒ bàn
夏天的晚上，大头儿子和小伙伴

men zài huā yuán li zhuō mí cáng　　huā yuán li yǒu mì mì de
们在花园里捉迷藏，花园里有密密的

dōng qīng shù　yǒu yòu gāo yòu dà de diāo sù　hái yǒu yí liàng
冬青树，有又高又大的雕塑，还有一辆

liàng tíng zhe de xiǎo jiào chē　ruò shì bǎ zì jǐ cáng qi lai
辆停着的小轿车，若是把自己藏起来，

shí zài shì tài róng yì de yí jiàn shì le
实在是太容易的一件事了！

　　kě Mǐ Qiú qiu jiù shì guǐ diǎn zi duō　wǒ duǒ dào jiā
　　可米球球就是鬼点子多：我躲到家

lǐ qù　Dà tóu ér zi bú shì yǒng yuǎn zhǎo bu dào wǒ le
里去，大头儿子不是永远找不到我了

ma　yú shì děng Dà tóu ér zi pā zài diàn xiàn gān shang shǔ
吗？于是等大头儿子趴在电线杆上数

　　　　　　　de shí hou　Mǐ Qiú qiu jiù zhí wǎng
"1、2、3、4……"的时候，米球球就直往

jiā li pǎo　fǎn zhèng tā de jiā jiù zhù zài yī lóu　pǎo qǐ lai
家里跑，反正他的家就住在一楼，跑起来

hěn kuài de
很快的。

　　Mǐ Qiú qiu jiā li jiù Mǐ Qiú qiu zài　tā fēi cháng xīng
　　米球球家里就米球球在，他非常兴

fèn de tāo chu yào shi wǎng mén li chā　zhuàn liǎng xià　mén
奋地掏出钥匙往门里插，转两下，门

jiù dǎ kāi le　　yí　zěn me tuī kāi yì tiáo fèng jiù tuī bu
就打开了……咦？怎么推开一条缝就推不

dòng le　tā zài yòng lì　hǎo xiàng mén lǐ miàn yǒu rén dǐng
动了？他再用力，好像门里面有人顶

zhe　Mǐ Qiú qiu yǒu diǎn hài pà le　tā niǔ tóu kàn kan zuǒ yòu
着？米球球有点害怕了，他扭头看看左右

cháng cháng de zǒu láng　　zhè huì er jìng qiāo qiāo de　méi rén
长　长　的走　廊，这会儿静悄悄的，没人

yě méi dēng　yuè guāng bù zhī bǎ shén me guài dōng xi de yǐng
也没灯，月　光　不知把什　么怪东　西的影

zi zhào zài qiáng shang　　hǎo xiàng jiù yào cháo Mǐ Qiú qiu pū
子照在墙　上　，好　像　就要朝米球球扑

guo lai yí yàng
过来一样！

　　　　Mǐ Qiú qiu jīng chu yì shēn lěng hàn　　jí máng niǔ tóu
　　米球球惊出一身冷汗，急忙扭头

wǎng wài pǎo　jié guǒ yì tóu zhuàng zài yí gè　　　à
往外跑，结果一头撞　在一个——"啊！"

Mǐ Qiú qiu de jīng jiào shēng bǎ bèi zhuàng de lù rén xià le yí
米球球的惊叫声　把被撞　的路人吓了一

dà tiào　zěn me　pèng dào guǐ la　　nà rén bù gāo xìng de
大跳。"怎么？碰　到鬼啦！"那人不高兴地

shuō le yí jù
说了一句。

　　　　guǐ　guǐ　Mǐ Qiú qiu xīn li xiǎng zhe zhè ge zì
　　"鬼！鬼！"米球球心里想　着这个字，

kě zuǐ li bù gǎn jiào chu lai　　tā zhí wǎng gāng cái zhuō mí
可嘴里不敢叫出来，他直往　刚　才捉迷

cáng de dì fang pǎo　　kě dāng tā pǎo dào nà er shí　nà er
藏　的地方跑。可当他跑到那儿时，那儿

46

已经空空的了，只有大头儿子正准备
回家。

"大头儿子！不得了了！我家的门被
鬼顶住了！怎么也打不开！"

"真的吗？"要知道大头儿子最近特
别想捉鬼，那全是因为乡下的婶婶
来，给大头儿子讲了许多关于吊死鬼、
吸血鬼的故事。

"要是就我们两个小孩去，肯定要
被鬼吃掉的！"米球球差不多都要哭了。

"我去喊小头爸爸！"说完，大头儿
子就往家里猛跑。

一会儿，小头爸爸带着大头儿子和米球球，就往被鬼顶住的那扇门跑去。

可一踏进走廊，小头爸爸就害怕似的停住了。

"怎么了？"大头儿子问。

"不知道里面有几个鬼？是大鬼还是小鬼？"小头爸爸轻轻地说，还小心地朝黑漆漆的走廊里张望。

忽然"咣"的一声响，小头爸爸扭头就往外面跑，米球球跟在后面双腿一软，"扑通！"摔倒在地上，可他不敢哭出声，急忙爬起来继续往

wài pǎo
外 跑 。

dà gài shì guǐ zài cháo wǒ men kāi pào　　Xiǎo tóu bà
"大 概 是 鬼 在 朝 我 们 开 炮！" 小 头 爸

ba suō qi bó zi　　bú guò yòu hěn kuài shēn le chū lái　yīn
爸 缩 起 脖 子 ， 不 过 又 很 快 伸 了 出 来 ， 因

wei jiē zhe yòu　kuāng　de yì shēng　yuán lái shì wài mian
为 接 着 又 " 哐 " 的 一 声 ， 原 来 是 外 面

de dà mén bèi fēng chuī de
的 大 门 被 风 吹 的 。

yào zhēn shì guǐ　wǒ men jiù bǎ tā sòng dào dòng wù
"要 真 是 鬼 ， 我 们 就 把 它 送 到 动 物

yuán qù guān qi lai　gěi dà jiā cān guān　　Xiǎo tóu bà ba
园 去 关 起 来 ， 给 大 家 参 观 。" 小 头 爸 爸

yí xià hǎo xiàng yǒng gǎn qi lai　dài tóu chóng xīn pǎo jin qu
一 下 好 像 勇 敢 起 来 ， 带 头 重 新 跑 进 去 ，

mén guǒ rán bèi dǐng zhù le　jiù shì tuī bu kāi
门 果 然 被 顶 住 了 ， 就 是 推 不 开 。

guǐ　wǒ cái bú pà nǐ ne　kuài duǒ dào yì biān
"鬼！ 我 才 不 怕 你 呢！ 快 躲 到 一 边

qù　　Xiǎo tóu bà ba yì biān yòng lì tuī　yì biān dà
去！" 小 头 爸 爸 一 边 用 力 推 ， 一 边 大

shēng shuō
声 说 。

"你们一共有几个鬼？我们可是一共有三个人哪！"大头儿子用一种胜利者的口气说。

然后他们三个人一起用力撞门，门还是撞不开。

"大概它们有四个鬼，所以我们撞不过它们。"米球球担心地说。

小头爸爸退后几步："还是看我的吧！"然后对着门快速冲过去——"乒！咕隆咚！"门是被撞开了，可站着的小头爸爸却趴在了地上，后脑勺还被倒下来的"鬼"狠狠地揍了一下。

其实"鬼"是一把扫帚，它因为没有站稳而顶住了门。

dì xià shì li de　　tū tū　　shēng

地下室里的“突突”声

jīn tiān shàng wǔ nuò mǐ tuán pǎo lai zhǎo Dà tóu ér

今天上午糯米团跑来找大头儿

zi　　zǒu　wǒ dài nǐ dào wǒ men jiā　dì xià shì qù wán

子：“走，我带你到我们家地下室去玩！”

nǐ mā ma bú mà le　　　　Dà tóu ér　zi zǎo jiù tīng

“你妈妈不骂了？”大头儿子早就听

说他家地下室里有很多好玩的东西。

"我妈妈到医院里去看病了。我爸爸
要晚上才回来呢!"说着,他拖起大头
儿子就往自己家里跑。

通往地下室有一扇门,它跟厨房
的门相对着。打开门是往下去的三格
楼梯,然后左拐,再下五格楼梯,再打开一
扇门就到了。

"嘿,这好玩!"大头儿子首先往一
把扶手已经坏掉的藤摇椅上一坐,然
后用力摇起来。地下室里还有旧沙发、旧
箱子、旧煤油灯、旧照片以及旧的不知

53

道 什么 东西……

"这是我爷爷以前坐过的摇椅。"

"那你爷爷现在为什么不坐了？"

"我爷爷已经死了。"

大头儿子忽然停住，然后就从摇椅上下来了。

"怎么？害怕了？我就不怕！"糯米团说着自己坐上去摇起来。

大头儿子又蹲在一只门上雕花的旧橱前面看了看，然后绕到橱后面，发现那边墙上有一扇开得很低的小窗，窗上就一块玻璃。

nà shì jīng cháng dǎ kai lai tōng fēng de　　　nuò mǐ
"那 是 经 常 打 开 来 通 风 的 。" 糯 米

tuán shuō
团 说 。

Dà tóu ér zi hǎo bù róng yì lā kai shēng xiù de chā
大 头 儿 子 好 不 容 易 拉 开 生 锈 的 插

xiāo　　nà chuāng shì cháo wài wǎng shàng kāi de　　Dà tóu ér zi
销 , 那 窗 是 朝 外 往 上 开 的 , 大 头 儿 子

de dà tóu gāng hǎo néng shēn chu qu　　wài mian méi shén me
的 大 头 刚 好 能 伸 出 去 , 外 面 没 什 么 ,

jiù shì bù yuǎn chù yǒu gè xiǎo shuǐ táng
就 是 不 远 处 有 个 小 水 塘 。

kě jiù zài Dà tóu ér zi bǎ dà tóu gāng gāng suō hui lai
可 就 在 大 头 儿 子 把 大 头 刚 刚 缩 回 来

de shí hou　　jìng bù zhī cóng nǎ er chuán lai le qīng qīng de
的 时 候 , 竟 不 知 从 哪 儿 传 来 了 轻 轻 的

tū tū　　shēng　　nuò mǐ tuán yě tīng jian le　　tā lì kè jǐn
"突 突 " 声 。 糯 米 团 也 听 见 了 , 他 立 刻 紧

zhāng de cóng yáo yǐ shang zhàn qi lai
张 地 从 摇 椅 上 站 起 来 。

tū　　tū　　tū　　　　zhè shēng yīn yuè lái yuè
"突 ! 突 ! 突 ……" 这 声 音 越 来 越

xiǎng　　yuè lái yuè qīng chu
响 , 越 来 越 清 楚 。

55

Dà tóu ér zi xiǎo shēng shuō　　dà gài shì duǒ zài dì
大头儿子小声说："大概是躲在地

xià shì li de guǐ
下室里的鬼！"

nà wǒ men gǎn kuài chū qu ba　　nuò mǐ tuán shuō
"那我们赶快出去吧！"糯米团说

wán jiù gēn Dà tóu ér zi yì qǐ wǎng mén nà er pǎo　kě
完就跟大头儿子一起往门那儿跑，可

tū tū shēng jìng gēn chu lai le　　tā men jí máng zài mén
"突突"声竟跟出来了！他们急忙在门

kǒu tíng xià huí tóu yí kàn　　à　shì yí fù yǐ jing jiù de
口停下回头一看——啊！是一副已经旧得

lián yán sè dōu kàn bu qīng chu de quán jī shǒu tào　tā men
连颜色都看不清楚的拳击手套，它们

yì qián yí hòu zài dì shang　tū tū　tiào zhe　hǎo xiàng shì
一前一后在地上"突突"跳着，好像是

lái zhuī gǎn zhè liǎng gè tōu tōu chuǎng jìn dì xià shì de xiǎo huài
来追赶这两个偷偷闯进地下室的小坏

dàn de
蛋的。

mā ya　　nuò mǐ tuán jīng jiào zhe diū xia Dà tóu ér
"妈呀！"糯米团惊叫着丢下大头儿

zi zhí wǎng lóu tī shang bēn　méi pǎo liǎng bù jiù　pū tōng
子直往楼梯上奔，没跑两步就"扑通"

摔了一跤，下巴磕在楼板上，他刚要

哭，可又收住了，急忙爬起来继续往

上跑。

　　大头儿子跑出来的时候，没忘记把

地下室的门关上，然后奔到了糯米团

的前面："我去喊小头爸爸来！"他一边

说一边已经出了大门。

　　一会儿小头爸爸握着榔头、顶着笼

子跟大头儿子一起飞奔而来："鬼在哪里？

鬼在哪里？"

　　"在地下室！"糯米团躲在厨房的门

背后说。

大头儿子在前面带路,小头爸爸跟

着走下去,然后把笼子打开对着地下室的

门喊:"你快开门,我看它往哪儿跑!"

大头儿子轻轻把门往里面推开,

只见两只拳击手套像两座小小的房

子卧在地上一动不动了,而在手套口

分别躲着两只探头探脑的……

"哪来的鬼呀?那是两只癞蛤蟆!"小

头爸爸丢下笼子说。

大头儿子不好意思地抓抓大头。原

来癞蛤蟆是从那扇透气的窗口中跳

进来取暖的。

造 房 子

　　lǎo dāi zài chéng shì li zhēn méi jìn　Dà tóu ér zi hé
老呆在 城 市里真没劲,大头儿子和

Xiǎo tóu bà ba xiǎng dào nóng cūn qù zuò yí zhèn zi nóng mín
小头爸爸 想 到农村去做一阵子农民。

　　Wéi qún mā ma tīng le shuō　　nà nǐ men wǎn shang
围裙妈妈听了说:"那你们晚上

zhù zài nǎ li
住在哪里?"

　　　wǒ men huì zì jǐ zào yí dòng dà fáng zi　　Dà tóu
"我们会自己造一栋大房子!"大头

ér zi lái jìn de shuō　　wǒ men hái yào yǎng yì tiáo nǎi niú
儿子来劲地说,"我们还要养一条奶牛

60

měi tiān jǐ niú nǎi chī　hái yào yǎng yì tóu dà féi zhū　dào shí

每天挤牛奶吃，还要养一头大肥猪，到时

hou shēng yì zhī dà dà de zhū dàn dài hui lai gěi nǐ kàn　kěn

候 生 一 只 大 大 的 猪 蛋 带 回 来 给 你 看，肯

dìng bǐ wǒ men jiā li de jī dàn dà xǔ duō xǔ duō　Dà tóu

定 比 我 们 家 里 的 鸡 蛋 大 许 多 许 多！"大头

ér zi yòng shǒu bǐ hua zhe

儿 子 用 手 比 画 着。

qiáo nǐ yòu zài shuō shǎ huà le　zhū cái bú xià dàn

"瞧 你 又 在 说 傻 话 了，猪 才 不 下 蛋

ne　Xiǎo tóu bà ba xiào qi lai

呢！"小 头 爸 爸 笑 起 来。

Dà tóu ér zi bù fú qì　fǎn zhèng wǒ huì ràng wǒ

大 头 儿 子 不 服 气："反 正 我 会 让 我

yǎng de zhū xià zhū dàn de

养 的 猪 下 猪 蛋 的！"

jiù zhè yàng　Dà tóu ér zi hé Xiǎo tóu bà ba shōu shi

就 这 样，大 头 儿 子 和 小 头 爸 爸 收 拾

hǎo dōng xi　jiù dào nóng cūn li qù le　tā men lái dào nóng

好 东 西，就 到 农 村 里 去 了。他 们 来 到 农

cūn yǐ hòu yào zuò de dì yī jiàn shì qing jiù shì zào fáng zi

村 以 后 要 做 的 第 一 件 事 情 就 是 造 房 子，

bù rán wǎn shang shuì zài nǎ er ya

不 然 晚 上 睡 在 哪 儿 呀？

Dà tóu ér zi　　nǐ fù zé jiǎn zhuān tou　　wǒ fù zé
"大头儿子，你负责捡砖头，我负责

qì qiáng　　　　　　Xiǎo tóu bà ba xià mìng lìng
砌墙……"小头爸爸下命令。

hěn kuài　　kōng kōng de yě dì li qì qi le sì miàn
很快，空空的野地里砌起了四面

qiáng　tā men lián zài yì qǐ hǎo xiàng yí gè dà fāng hé zi
墙，它们连在一起好像一个大方盒子。

Xiǎo tóu bà ba　　　Dà tóu ér zi kàn bu jiàn qiáng lǐ
"小头爸爸！"大头儿子看不见墙里

miàn de Xiǎo tóu bà ba　zhǐ néng duì zhe qiáng dà shēng shuō
面的小头爸爸，只能对着墙大声说，

zhè qiáng kàn qi lai hǎo xiàng shì cóng dì shang zhǎng chu lai
"这墙看起来好像是从地上长出来

de
的！"

shì ma　　Xiǎo tóu bà ba de shēng yīn shì cóng qiáng
"是吗？"小头爸爸的声音是从墙

shàng mian mào chu lai de　　yào shi zhè dì shang néng zhǎng
上面冒出来的，"要是这地上能长

fáng zi wǒ men jiù bú yòng zì jǐ zào le　hǎo lou　zhōng yú
房子我们就不用自己造了！好喽！终于

wán chéng la　　　āi yā　　Xiǎo tóu bà ba hū rán dà shēng
完成啦——哎呀！"小头爸爸忽然大声

jiào dào
叫 道。

Xiǎo tóu bà ba nǐ zěn me le　shì kàn jian shé le
"小头爸爸你怎么了？是看见蛇了

ma　Dà tóu ér zi zháo jí de wéi zhe sì miàn qiáng rào quān
吗？"大头儿子着急地围着四面墙绕圈

zi　xiǎng zhǎo dào yí gè xiǎo dòng dong kě yǐ wǎng lǐ miàn
子，想找到一个小洞洞可以往里面

kàn
看。

wǒ chū bu lái le　qiáng shàng mian zhōng yú yòu
"我出不来了！"墙上面终于又

mào chu le shēng yīn　wǒ wàng jì liú chu mén dòng hé
冒出了声音，"我忘记留出门洞和

chuāng dòng le
窗洞了！"

guài bu de tā kàn qi lai xiàng hé zi bú xiàng fáng
"怪不得它看起来像盒子不像房

zi　Dà tóu ér zi bú zài rào le　tíng xia lai kàn zhe qiáng
子！"大头儿子不再绕了，停下来看着墙

shuō
说。

zhè shí hou tiān jiù yào àn xia lai le　yào shi bǎ qiáng
这时候天就要暗下来了，要是把墙

63

壁拆了 重 新 砌 肯 定 来 不 及。

"大头儿子！你能从墙外面爬进来吗？"

大头儿子抬头看了看墙的高度，然后贴近身体举起双手试了试："爸爸，我太矮了，够不着！"

墙里面没了声音。

"爸爸！小头爸爸！"大头儿子喊起来，他可不想今天晚上一个人呆在这墙壁外面。

"啪啦！"忽然从墙里面甩出来一根麻绳，"把它系在你的腰上！系紧

了！"

"是！"大头儿子高兴地回答，然后拿
起绳子的一端往腰里绕。可他的手
短了一些，总是绕到一半就掉了。

"小头爸爸，我看还是系在腿上
吧！"大头儿子一边说，一边开始把绳
子往腿上绕，腿细细的，大头儿子一下
就绕上了。

"不行！"小头爸爸的声音好像是
撞着四面的墙壁冲出来的。

后来大头儿子终于在往腰里绕第
十五次的时候，绕好了，也系上了。

绳子往上提起来，大头儿子的

双脚离开了地面，像蜘蛛人一样往

墙上爬去，等爬到墙上面，大头儿

子往里面一看，哈！小头爸爸竟像个泥

巴人。

大头儿子站在墙里面抬头往上

看，看见的是暗暗的天空和几颗亮起来

的星星："小头爸爸！你还忘记造屋顶

呢！"

"今晚来不及了，我们就把天空当

屋顶、星星当电灯吧！"

于是这天晚上，大头儿子和小头

bà ba jiù zhù zài méi you wū dǐng de fáng zi li yì biān kàn
爸爸就住在没有屋顶的房子里，一边看

xīng xing yì biān jiǎng huà méi duō jiǔ biàn měi měi de shuì
星星，一边讲话，没多久便美美地睡

zháo le
着了。

大 猪 蛋

清早，大头儿子和小头爸爸从集市上买回来一头大肥猪，大肥猪大大的肚子，大大的耳朵，还有大大的屁股。他们赶着大肥猪走在田间窄窄的小路上：大肥猪排第一、大头儿子排第二、小头爸爸排第三。一二三，这谁都会数。

"肥肥肥，你明天就生一个大猪蛋，听见了吗？""肥肥肥"当然又是大头儿子给大肥猪起的名字，而这句话他一

lù shang duì féi féi féi yǐ jing shuō guo sān shí jǐ biàn le
路 上 对肥肥肥已经 说 过三十几 遍 了。

gēn nǐ shuō zhū bù shēng
"跟 你 说 猪 不 生 ……"

shēng de　féi féi féi kěn dìng huì shēng zhū dàn de
"生 的！肥肥肥肯 定 会 生 猪 蛋 的！

tā shì xiān shēng zhū dàn zài shēng xiǎo zhū de　Dà tóu ér zi
它是先 生 猪 蛋再 生 小 猪 的！"大头儿子

huí guò tóu qu dǎ duàn Xiǎo tóu bà ba　liǎn shang lù chu hěn
回过头去打断小头爸爸，脸 上 露出很

shēng qì de yàng zi　Xiǎo tóu bà ba jiù bù shuō xia qu le
生 气的样子。小头爸爸就不 说 下去了。

hòu lái dào le jiā li　Dà tóu ér zi mō zhe féi féi féi
后来到了家里，大头儿子摸着肥肥肥

bǎ tā sòng jìn le zhū juàn　nǐ tóng yì le shì ma　míng
把它送进了猪圈："你同意了是吗？明

tiān yí dìng yào shēng yí gè hěn dà hěn dà de dà zhū dàn
天一定要 生 一个很大很大的大猪蛋！"

Dà tóu ér zi dūn zài zhū juàn mén kǒu yòng shǒu bǐ hua zhe
大头儿子蹲在猪圈门口用手比画着。

féi féi féi　hēng heng zhe zhuǎn guò shēn qu　bǎ dà dà de
肥肥肥"哼 哼"着 转 过身去，把大大的

pì gu duì zhe Dà tóu ér zi
屁股对着大头儿子。

第二天一大早，大头儿子就往猪圈

那儿跑，他把大头使劲伸进猪圈左看右

看，可猪圈里除了大肥猪和一堆堆小山

似的猪粪外，什么也没有。

"你说话不算数！"大头儿子生气

地对着还在睡觉的肥肥肥说，肥肥肥听

了睁开眼睛看看他，然后又把眼睛闭

上了。

一会儿，大头儿子抱来好几个大皮

球，然后再把肥肥肥从猪圈里赶出来：

"看，就是这么大大的、圆圆的，不过这

是我的大皮球，它们可不是大猪蛋。"肥

féi féi kàn jian sān sì zhī wǔ yán liù sè de dà pí qiú wéi zhe
肥肥看见三四只五颜六色的大皮球围着

tā yòu bèng yòu tiào　xià de zhuǎn shēn jiù táo　hǎo xiàng dà
它又蹦又跳，吓得转身就逃，好像大

pí qiú huì yǎo tā shì de
皮球会咬它似的！

dì sān tiān tiān hái méi liàng　Xiǎo tóu bà ba xǐng le
　　第三天天还没亮，小头爸爸醒了，

tā yì mō shēn biān　yí　Dà tóu ér zi zěn me bú jiàn le
他一摸身边：咦？大头儿子怎么不见了！

Xiǎo tóu bà ba gǎn jǐn dǎ kāi dēng　wū zi li méi you　tā
小头爸爸赶紧打开灯，屋子里没有；他

72

又跑到隔壁的卫生间,也没有。小头爸

爸急了,披了一件衣服就往外面跑,一

边大声喊起来:"大头儿子!大头儿子!"

可外面是静静的田野和静静的小河,哪

里有大头儿子的影子!小头爸爸急出一

身冷汗:大头儿子会不会梦游跌进小

河里了?他两腿哆嗦着刚要转身去拿

手电筒,忽然听见从一边的猪圈那儿

传来一阵高一阵低的呼噜声,小头爸

爸竖起耳朵仔细听,他先是奇怪,但马

上想起了什么似的就往猪圈那儿跑,

当他跑到猪圈门口时,一低头,只见一

dà duī hēi hū hū de dōng xi pā zài dì shang guǒ rán shì Dà
大堆黑糊糊的东西趴在地上：果然是大

tóu ér zi tā jìng shuì zài zhū juàn mén kǒu ne
头儿子，他竟睡在猪圈门口呢！

Xiǎo tóu bà ba yòng lì bǎ Dà tóu ér zi cóng dì shang
小头爸爸用力把大头儿子从地上

bào qi lai méi xiǎng dào gēn zài Dà tóu ér zi pì gu hòu mian
抱起来，没想到跟在大头儿子屁股后面

hū rán gǔn chu lai hǎo jǐ zhī dà pí qiú bǎ Xiǎo tóu bà ba xià
忽然滚出来好几只大皮球，把小头爸爸吓

de chà diǎn diē zài dì shang yuán lái Dà tóu ér zi tiān méi
得差点跌在地上。原来大头儿子天没

liàng pǎo chu lai yòu méi you zhǎo dào dà zhū dàn jiù yǐ wéi
亮跑出来，又没有找到大猪蛋，就以为

féi féi féi méi you míng bai tā de huà yú shì jiù zì jǐ pā
肥肥肥没有明白他的话，于是就自己趴

zài zhū juàn mén kǒu bǎ pì gu duì zhe dà pí qiú gěi féi féi
在猪圈门口，把屁股对着大皮球给肥肥

féi zuò yàng zi kě méi xiǎng dào pā zhe pā zhe jiù shuì zháo
肥做样子，可没想到趴着趴着就睡着

le
了。

Xiǎo tóu bà ba bǎ Dà tóu ér zi bào huí wū li yòng
小头爸爸把大头儿子抱回屋里，用

máo jīn gěi Dà tóu ér zi bǎ liǎn shang de tǔ cā diào　Dà tóu
毛巾给大头儿子把脸上的土擦掉，大头

ér zi hái méi you xǐng　　Xiǎo tóu bà ba jiù bǎ tā fàng huí dào
儿子还没有醒。小头爸爸就把他放回到

chuáng shang　ràng tā jì xù shuì　kě méi xiǎng dào Dà tóu ér
床　上，让他继续睡。可没想到大头儿

zi yí gè fān shēn　shǒu pèng dào le zhěn tou　jìng yì bǎ bào
子一个翻身，手碰到了枕头，竟一把抱

zhù zhěn tou hǎo xiàng bào zhe bǎo bèi yí yàng dà shēng jiào qi
住 枕 头 好 像 抱 着 宝 贝 一 样 大 声 叫 起

lai féi féi féi shēng dà zhū dàn lou féi féi féi shēng dà
来 : "肥 肥 肥 生 大 猪 蛋 喽 ! 肥 肥 肥 生 大

zhū dàn lou tā lián jiào le liǎng shēng dà tóu yì wāi kào
猪 蛋 喽 ! " 他 连 叫 了 两 声 , 大 头 一 歪 , 靠

zài le zhěn tou shang yòu hū lu hū lu shuì de gèng xiāng
在 了 枕 头 上 , 又 "呼 噜 呼 噜" 睡 得 更 香

le
了 !

　　　　ér zhè ge shí hou zhū juàn li de dà féi zhū què shí
　　　　而 这 个 时 候 , 猪 圈 里 的 大 肥 猪 确 实

shēng le dāng rán bú shì dà zhū dàn ér shì shēng le
生 了 …… 当 然 不 是 大 猪 蛋 , 而 是 生 了

shí èr zhī xiǎo zhū xiǎo zhū pàng pàng de fěn fěn de quán
十 二 只 小 猪 , 小 猪 胖 胖 的 、 粉 粉 的 , 全

dōu gǒng zài mā ma huái li qiǎng nǎi chī féi féi féi dà shēng
都 拱 在 妈 妈 怀 里 抢 奶 吃 。 肥 肥 肥 大 声

jiào zhe zài hǎn Dà tóu ér zi kuài lái kàn li
叫 着 , 在 喊 大 头 儿 子 快 来 看 哩 !

cǎo mào shù
草 帽 树

tài yáng hóng hóng de　　tài yáng yuán yuán de　　tài yáng
太 阳 红 红 的 , 太 阳 圆 圆 的 , 太 阳

zhào zhe dà dì　　Dà tóu ér zi hé Xiǎo tóu bà ba zài tài yáng
照 着 大 地 , 大 头 儿 子 和 小 头 爸 爸 在 太 阳

xià mian zhòng zhuāng jia
下 面 种 庄 稼 。

Dà tóu ér zi kàn kan tiān shàng de tài yáng　　hū rán
大 头 儿 子 看 看 天 上 的 太 阳 , 忽 然

xiǎng qǐ yí jiàn zhòng yào de shì qing　　Xiǎo tóu bà ba　　wǒ
想 起 一 件 重 要 的 事 情 : " 小 头 爸 爸 , 我

men quē shǎo yí yàng dōng xi　　suǒ yǐ wǒ men hái bú shì nóng
们 缺 少 一 样 东 西,所 以 我 们 还 不 是 农

mín bó bo
民 伯 伯。"

　　　　Xiǎo tóu bà ba tíng xia wàng zhe Dà tóu ér zi　　wǒ
　　小 头 爸 爸 停 下 望 着 大 头 儿 子:"我

men zì jǐ zào fáng zi　　zì jǐ zhòng dì　　zì jǐ yǎng nǎi niú
们 自 己 造 房 子,自 己 种 地,自 己 养 奶 牛

yǎng zhū　　zěn me hái bú shì nóng mín bó bo　　quē shén me dōng
养 猪,怎 么 还 不 是 农 民 伯 伯?缺 什 么 东

xi ya
西 呀?"

　　　　Dà tóu ér zi xiān bù shuō　　ér shì diǎn qi jiǎo ràng Xiǎo
　　大 头 儿 子 先 不 说,而 是 踮 起 脚 让 小

tóu bà ba dūn xia yí bàn　　rán hòu shēn shǒu mō mo tā de xiǎo
头 爸 爸 蹲 下 一 半,然 后 伸 手 摸 摸 他 的 小

tóu　　mō wán le　　zài mō mo zì jǐ de dà tóu　　nǐ cāi dào
头,摸 完 了,再 摸 摸 自 己 的 大 头:"你 猜 到

le ma
了 吗?"

　　　　Xiǎo tóu bà ba jiù xué Dà tóu ér zi de yàng zi　xiān
　　小 头 爸 爸 就 学 大 头 儿 子 的 样 子,先

mō mo Dà tóu ér zi de dà tóu　　zài mō mo zì jǐ de xiǎo
摸 摸 大 头 儿 子 的 大 头,再 摸 摸 自 己 的 小

头，他想了一下，可还是想不出来。

"草帽！农民伯伯种地的时候要戴草帽的！"大头儿子大声说，这么重要的事情小头爸爸居然想不到。

"草帽？"小头爸爸愣了一下，大概一时想不起来"草帽"是吃的东西还是玩的东西。"对，草帽！对对对……"他终于明白过来，然后拉起大头儿子就往镇上跑。大头儿子说得对，没有草帽怎么可以算是农民伯伯呢？

镇上卖草帽的摊位倒是有很多，可大头儿子小头爸爸跑了十个摊位、试了

èr shí dǐng cǎo mào dōu bù xíng　　Dà tóu ér zi xián xiǎo　Xiǎo
二十顶草帽都不行：大头儿子嫌小，小

tóu bà ba xián dà
头爸爸嫌大。

　　zhè zěn me bàn ya　　Dà tóu ér zi zhēn zháo jí
"这怎么办呀？"大头儿子真着急。

　　méi guān xi　wǒ men kě yǐ zì jǐ biān　nà cái shì
"没关系，我们可以自己编，那才是

zhēn zhèng de nóng mín bó bo li　　Xiǎo tóu bà ba shuō wán
真正的农民伯伯哩！"小头爸爸说完

lā qi Dà tóu ér zi yòu gǎn jǐn wǎng huí pǎo
拉起大头儿子又赶紧往回跑。

　　dào jiā le　tā men bào lai yí dà kǔn xiāng pēn pēn de
到家了，他们抱来一大捆香喷喷的

jīn huáng sè dào cǎo　　jiù zuò zài wū qián yì qǐ biān qi lai
金黄色稻草，就坐在屋前一起编起来，

biān ya biān ya　bù yí huì　yì dǐng dà cǎo mào hé yì dǐng
编呀编呀，不一会，一顶大草帽和一顶

xiǎo cǎo mào jiù biān hǎo le　　Dà tóu ér zi shì dà de　hēi
小草帽就编好了。大头儿子试大的，嗨，

zhèng hǎo　Xiǎo tóu bà ba shì xiǎo de　hēi　bú cuò
正好！小头爸爸试小的，嗨，不错！

　　tài yáng hái shi hóng hóng de　tài yáng hái shi yuán yuán
太阳还是红红的，太阳还是圆圆

80

de tài yáng hái shi zhào zhe dà dì
的，太阳还是照着大地。

tài yáng gōng gong nǐ zhào bu dào wǒ men la
"太阳公公！你照不到我们啦！"

dài zhe dà cǎo mào de Dà tóu ér zi yì biān zhòng zhuāng jia
戴着大草帽的大头儿子一边种庄稼，

yì biān duì tài yáng shuō
一边对太阳说。

tài yáng dà gē nǐ jiù zhào zhao wǒ men zhòng de
"太阳大哥！你就照照我们种的

zhuāng jia ba ràng tā men hǎo kuài diǎn fā yá dài zhe xiǎo
庄稼吧，让它们好快点发芽！"戴着小

cǎo mào de Xiǎo tóu bà ba yì biān duì tài yáng shuō yì biān
草帽的小头爸爸一边对太阳说，一边

zhòng zhuāng jia
种庄稼。

zhōng wǔ tā men chī fàn xiū xi de shí hou bǎ cǎo
中午他们吃饭休息的时候，把草

mào ná xia lai fàng zài shù biān kě děng tā men chī wán fàn
帽拿下来放在树边，可等他们吃完饭

fā xiàn jǐ zhī dà niǎo zài qiǎng zhe wǎng dà cǎo mào li
发现，几只大鸟在抢着往大草帽里

zuān jǐ zhī xiǎo niǎo zài zhēng zhe cháo xiǎo cǎo mào li duǒ
钻；几只小鸟在争着朝小草帽里躲。

Xiǎo tóu bà ba nǐ kàn　xiǎo niǎo bǎ wǒ men de cǎo
"小头爸爸你看！小鸟把我们的草

mào dāng wō ne　　Dà tóu ér zi jīng xǐ de jiào qi lai
帽当窝呢！"大头儿子惊喜地叫起来。

Xiǎo tóu bà ba shuō　tiān jiù yào lěng le　gān cuì wǒ
小头爸爸说："天就要冷了，干脆我

men duō biān jǐ gè cǎo mào　bǎ tā men guà dào dà shù shang
们多编几个草帽，把它们挂到大树上

ràng xiǎo niǎo zuò wō guò dōng ba
让小鸟做窝过冬吧！"

zhè ge zhǔ yi tài miào le　　Dà tóu ér zi pū guo
"这个主意太妙了！"大头儿子扑过

qu qīn le Xiǎo tóu bà ba yì kǒu
去亲了小头爸爸一口。

hòu lái tā men yì qǐ biān le dà dà xiǎo xiǎo sān shí
后来他们一起编了大大小小三十

dǐng cǎo mào　quán bù guà zài wū qián nà kē dà shù shang
顶草帽，全部挂在屋前那棵大树上。

yì tiān wǎn shang　guǒ rán fēi lai le xǔ duō xiǎo niǎo　zhè huí
一天晚上，果然飞来了许多小鸟，这回

tā men yòng bu zháo qiǎng le　dà niǎo zhù dà cǎo mào　xiǎo
它们用不着抢了，大鸟住大草帽，小

niǎo zhù xiǎo cǎo mào　xiǎo xiǎo niǎo hài pà　hé zhù yì dǐng cǎo
鸟住小草帽，小小鸟害怕，合住一顶草

^{mào} ^{tīng tā men zài cǎo mào wō li jī zhā jī zhā de jiào}
帽。听它们在草帽窝里叽喳叽喳地叫

^{zhe Dà tóu ér zi kāi xīn de shuō xiǎo niǎo men yí dìng shì}
着，大头儿子开心地说："小鸟们一定是

^{zài shuō zhè er zěn me huì yǒu yì}
在说，这儿怎么会有一

^{kē cǎo mào shù ya}
棵草帽树呀！"

小猪武工队
xiǎo zhū wǔ gōng duì

féi féi féi shēng le shí èr zhī xiǎo zhū　shí èr zhī xiǎo
肥肥肥 生 了十二只小猪，十二只小

zhū zhǎng de yì mú yí yàng　zhè gěi Dà tóu ér zi qǐ míng
猪 长 得一模一样，这给大头儿子起名

zi dài lai le má fan　　Dà tóu ér zi zhòu zhe méi tóu xiǎng
字带来了麻烦。大头儿子皱着眉头想

le bàn tiān　　jué dìng gěi xiǎo zhū men qǐ zhè yàng de míng
了半天，决定给小猪们起这样的名

zi xiǎo féi xiǎo xiǎo féi xiǎo xiǎo xiǎo féi xiǎo xiǎo xiǎo
字：小肥、小小肥、小小小肥、小小小

xiǎo féi
小肥……

xiǎo zhū yì zǒu sàn nǐ gēn běn fēn bu qīng nǎ zhī shì
"小猪一走散你根本分不清哪只是

xiǎo féi nǎ zhī shì xiǎo xiǎo féi zài shuō jiào dào dì shí èr
小肥，哪只是小小肥，再说叫到第十二

zhī xiǎo zhū nǐ de lián xù shuō shang shí èr biàn xiǎo xiǎo
只小猪你得连续说上十二遍'小'，小

xiǎo xiǎo xiǎo xiǎo xiǎo nǐ kàn wǒ dōu bù zhī dao zhè shì
小小小小小……你看，我都不知道这是

dì jǐ gè xiǎo xiǎo tóu bà ba jué de zhè yàng de
第几个'小'……"小头爸爸觉得这样的

míng zi bù hǎo
名字不好。

nǐ kě yǐ yì biān bāi shǒu zhǐ tou yì biān jiào ya
"你可以一边掰手指头一边叫呀，

jiù xiàng shǔ shù nà yàng Dà tóu ér zi shuō zhe jiù bāi zhe
就像数数那样。"大头儿子说着就掰着

shǒu zhǐ tou jiào qi lai xiǎo xiǎo xiǎo xiǎo xiǎo xiǎo xiǎo féi
手指头叫起来，"小小小小小小小肥，

xiǎo xiǎo xiǎo xiǎo xiǎo xiǎo xiǎo xiǎo féi
小小小小小小小小肥……"

“我教你一个容易的方法，你用不同颜色的颜料在小猪的尾巴上画一圈，这样又能辨认，又好看。”

大头儿子听了小头爸爸的话想了一下，就拿来颜料往小猪的尾巴上画：红的一圈、绿的一圈、黄的一圈、蓝的一圈……哈！这下本来一模一样的小猪现在真的可以区分了："小头爸爸你看呀，小猪的尾巴上好像戴着五颜六色的戒指！我决定给它们起名字叫'红红红'、'绿绿绿'、'蓝蓝蓝'……"

名字的问题解决了，可还有一件麻

fán shì méi you jiě jué jiù shì xiǎo zhū chī nǎi de wèn tí shí
烦事没有解决，就是小猪吃奶的问题。十

èr zhī xiǎo zhū shuí yě bú yuàn yi chī bié de dōng xi zhěng
二只小猪谁也不愿意吃别的东西，整

tiān dōu gǒng zài mā ma huái li qiǎng nǎi chī nǐ tuī wǒ jǐ
天都拱在妈妈怀里抢奶吃，你推我挤

de bú shì hóng hóng hóng bèi cǎi le zhū wěi ba jiù shì lǜ
的，不是红红红被踩了猪尾巴，就是绿

lǜ lǜ bèi tuī dǎo zài dì shang zhū juàn li cháng cháng
绿绿被推倒在地上……猪圈里常常

yí piàn xiǎo zhū de chǎo jià shēng hái yǒu yì xiē xiǎo zhū yīn
一片小猪的吵架声。还有一些小猪因

wei hěn shǎo qiǎng dào mā ma de nǎi chī yǐ jing méi you lì qi
为很少抢到妈妈的奶吃，已经没有力气

zhàn qi lai le zài zhè yàng xià qu zhǔn děi è sǐ Dà tóu
站起来了，再这样下去准得饿死。大头

ér zi hěn zháo jí Xiǎo tóu bà ba yě hěn zháo jí tā men
儿子很着急，小头爸爸也很着急。他们

zuò le gè zhǒng gè yàng de měi wèi zhū shí fàng zài xiǎo zhū men
做了各种各样的美味猪食放在小猪们

miàn qián kě tā men lián kàn yě bú kàn yì yǎn
面前，可它们连看也不看一眼。

hěn xiāng de hěn hǎo chī de Dà tóu ér zi wān
"很香的！很好吃的！"大头儿子弯

87

下腰，假装"吧唧吧唧"吃起来，可小猪
们谁也不理他。

小头爸爸说："我们得训练它们，
让它们跑步，跑饿了自然就会吃。"

"太棒了，我们就来训练一支小猪
武工队！"大头儿子兴奋得满脸通红。

"小猪武工队，跟着我跑步！"他们
硬把小猪们从妈妈身边赶开，赶到了
猪圈外面。大头儿子带头跑在小猪们
前面，可小猪们谁也没跟着他跑，而是
有的"哇哇"叫，有的在地上找吃的，红
红红和绿绿绿干脆朝反面跑去了。

小头爸爸说："带小猪跑步不能像带人那样，你得跑在猪后面，赶着它们跑。"大头儿子就照爸爸说的去做，小猪们果然都被赶着跑起来了，只是它们两只向前，五只朝左，五只往右，搞得大头儿子不知该继续往哪个方向赶！

"要是有一条两边有围墙的路就好了，小猪就不会乱跑了。"大头儿子追完这只又追那只，累得直喘气。

小头爸爸说："那容易，我们就专门为小猪铺一条有围墙的路吧！"

路很快铺好了，是一条细细长长

de xiǎo lù　　xiǎo lù de liǎng biān yǒu shù qǐ de zhà lan zuò wéi
的 小 路 , 小 路 的 两 边 有 竖 起 的 栅 栏 做 围

qiáng
墙 。

　　　　wǒ zhàn zài zhè tóu gǎn　　nǐ zhàn zài nà tóu gǎn　xiǎo
　　"我 站 在 这 头 赶 , 你 站 在 那 头 赶 , 小

zhū zhè xià jiù bú huì pǎo luàn le　　Xiǎo tóu bà ba shuō zhe
猪 这 下 就 不 会 跑 乱 了 。" 小 头 爸 爸 说 着 ,

hé Dà tóu ér zi yì qǐ bǎ xiǎo zhū men gǎn jìn xiǎo lù　rán
和 大 头 儿 子 一 起 把 小 猪 们 赶 进 小 路 , 然

hòu yì rén gǎn yì tóu　xiǎo zhū men bèi gǎn de pā lā pā lā
后 一 人 赶 一 头 , 小 猪 们 被 赶 得 啪 啦 啪 啦

lái huí zhí pǎo　　děng tā men kàn qǐ lai pǎo lèi le　　zài bǎ
来 回 直 跑 , 等 它 们 看 起 来 跑 累 了 , 再 把

zhū shí fàng zài tā men miàn qián　wā　　bù dé liǎo　zhǐ jiàn
猪 食 放 在 它 们 面 前 : 哇 ! 不 得 了 , 只 见

xiǎo zhū men gè gè gēn è láng yí yàng pū shang qu　　bā jī
小 猪 们 个 个 跟 饿 狼 一 样 扑 上 去 , 吧 唧

bā jī dà chī qǐ lai
吧 唧 大 吃 起 来 。

　　　　xiǎo zhū wǔ gōng duì shèng lì lou　　Dà tóu ér zi
　　"小 猪 武 工 队 胜 利 喽 !" 大 头 儿 子

xiào de yǎn jing yě méi you le
笑 得 眼 睛 也 没 有 了 。

90

hěn miào hěn miào de zhǔ yi
很妙很妙的主意

Dà tóu ér zi hé Xiǎo tóu bà ba zhǔn bèi guò jǐ tiān qù
大头儿子和小头爸爸准备过几天去

gǎn jí　　gǎn jí jiù shì bǎ zì jǐ jiā de dōng xi ná chu qu
赶集，赶集就是把自己家的东西拿出去

mài　 tóng shí yě kě yǐ mǎi bié ren de dōng xi
卖，同时也可以买别人的东西。

91

jiù bǎ wǒ men zhòng de mián hua ná qu mài ba
"就把我们 种 的 棉花拿去卖吧！"

Dà tóu ér zi zhǐ zhi duī zài wū jiǎo de yí gè gè cǎi sè dài
大头儿子指指堆在屋角的一个个彩色袋

zi dài zi bèi sāi de gǔ gu nāng nāng de
子，袋子被塞得鼓鼓囊囊的。

duì wǒ men yòng shéng zi bǎ liǎng tóu zhā yi zhā
"对，我们用 绳子把两头扎一扎，

rán hòu zài zuì shàng mian yì jié huà shang wá wa liǎn zhè yí
然后在最上 面一节画上 娃娃脸，这一

dài dài mián hua bú jiù chéng le yí gè gè pàng wá wa le
袋袋棉花不就 成了一个个胖娃娃了

ma Xiǎo tóu bà ba yuè shuō yuè gāo xìng tā hǎo xiàng yǐ
吗？"小头爸爸越说越高兴，他好像已

jing kàn jian jí shì shang de rén men dōu wéi zhù le pàng wá wa
经看见集市上 的人们都围住了胖娃娃

zhēng zhe mǎi
争 着买。

Dà tóu ér zi jiē zhe shuō wǒ men zài zuò yì xiē dà
大头儿子接着说："我们再做一些大

tóu cǎo mào hé xiǎo tóu cǎo mào tú shang yán sè bǎ dà tóu
头草帽和小头草帽，涂上 颜色，把大头

cǎo mào fǎn guo lai fàng shuǐ guǒ jiù biàn chéng le piào liang de
草帽反过来放水果，就变成了漂亮的

shuǐ guǒ lán
水 果 篮 ……"

nà xiǎo tóu cǎo mào ne　　Xiǎo tóu bà ba jí zhe
"那 小 头 草 帽 呢？" 小 头 爸 爸 急 着

wèn　　yīn wei tā jué de Dà tóu ér zi zhè ge zhǔ yi hái yào
问 ， 因 为 他 觉 得 大 头 儿 子 这 个 主 意 还 要

bàng
棒 ！

wǒ hái méi you shuō wán ne　　Dà tóu ér zi yàn yì
"我 还 没 有 说 完 呢！" 大 头 儿 子 咽 一

kǒu tuò mo jì xù shuō　　xiǎo tóu cǎo mào yě fǎn guo lai　　lǐ
口 唾 沫 继 续 说 ，"小 头 草 帽 也 反 过 来 ， 里

miàn fàng shang huā pén　　jiù biàn chéng le hǎo kàn de xiǎo huā
面 放 上 花 盆 ， 就 变 成 了 好 看 的 小 花

lán
篮 ！"

nǐ zhēn shì wǒ de hǎo ér zi　　Xiǎo tóu bà ba bào
"你 真 是 我 的 好 儿 子！"小 头 爸 爸 抱

qǐ Dà tóu ér zi yòng hú zi zhí zhā　　zhā de Dà tóu ér zi yì
起 大 头 儿 子 用 胡 子 直 扎 ， 扎 得 大 头 儿 子 一

biān xiào　　yì biān　　wā wā　　jiào
边 笑 ， 一 边 "哇 哇" 叫 。

zhōng yú dào le gǎn jí de rì zi　　zhè tiān　　Dà tóu
终 于 到 了 赶 集 的 日 子 。 这 天 ， 大 头

儿子和小头爸爸早早地起来，把棉花袋做成的胖娃娃和草帽做成的水果篮、花篮全都装进一辆小推车，然后他俩一个推，一个拉，就往集市上去了。

哇，集市上真热闹，有许多人卖东西，也有许多人买东西。他们选了一个最热闹的地方把车停下，把车上的东西一样一样拿下来。

"呀，这胖娃娃多可爱！我要给我外孙女买一个！"

"那种草帽花篮多少钱一个？给我来五个！"

"我要三个草帽水果篮！"

哈！车上的东西还没有全部拿下来，车前已经围了很多人，都争着要买。大头儿子和小头爸爸高兴地碰一碰大头和小头，然后一个递东西、一个收钱，很快就把一车东西都卖光了。

小头爸爸数着手里的钱说："真没有想到能卖这么多钱！"然后他们拿着钱在集市上逛，又用这些钱买回了一车需要的和喜欢的东西。

大头儿子和小头爸爸高高兴兴推着满满一车东西回家了。

"小头爸爸，下一次赶集我们再带什么东西去卖呢？"

"嗯……哎，下一次就把小猪武工队带去卖了吧！"

"不！"大头儿子跳起来张大嘴巴，假装要咬小头爸爸的鼻子。

"好，不卖不卖！"小头爸爸连声求饶，"那下一次没东西卖我们就不去了。"

"我要去的！我已经想出来了！"大头儿子笑眯眯地说，"下一次我们不去卖东西，就带小猪武工队去表演，你说

hǎo ma
好吗？”

tài hǎo le　kàn xiǎo zhū wǔ gōng duì biǎo yǎn de rén
“太好了！看小猪武工队表演的人，

yí dìng huì bǐ jīn tiān mǎi wǒ men dōng xi de rén hái yào
一定会比今天买我们东西的人还要

duō
多！”

ō　xiǎo zhū wǔ gōng duì jiù yào biàn chéng míng xīng
“噢！小猪武工队就要变成明星

duì le　　Dà tóu ér zi shuō zhe hé Xiǎo tóu bà ba yì qǐ
队了！”大头儿子说着和小头爸爸一起

yòng lì tuī qi xiǎo tuī chē
用力推起小推车……

dà chuáng zhǎng chu liǎng zhī ěr duo

大 床 长 出 两 只 耳 朵

xiǎo bǐng gān　kě bú shì chī de bǐng gān ò　tā shì
"小饼干"可不是吃的饼干哦，她是

yí gè liǎng suì de xiǎo mèi mei　xiǎo bǐng gān de bà ba mā ma
一个两岁的小妹妹。小饼干的爸爸妈妈

yīn wei yào chū guó le　jiù bǎ xiǎo bǐng gān jì fàng zài Dà tóu
因为要出国了，就把小饼干寄放在大头

儿子家里一段时间。

"我要做哥哥喽!我要做哥哥喽!"大

头儿子高兴地对着玩具熊说了好几

遍,然后又跑到阳台上对着飞来飞去

的小鸟讲。他天天盼望着,等待着,还

留下好多吃的东西要给小饼干吃。

这天中午,小饼干真的来了,可大

头儿子却不见了!

"真奇怪!"小头爸爸东找找,西

瞧瞧,就是不见大头儿子。

围裙妈妈说:"大概在厕所里吧!"

她跑去找,大头儿子果然在里面。

99

"出去出去,现在是男厕所!"大头儿
子正光着屁股在厕所里忙呢。

"你干什么呀?"围裙妈妈使劲敲已
经锁上了的门,"你看你像不像哥哥
呀?"

一会儿,大头儿子出来了——哇!他
完全变了样:天蓝色的绒衣换成了
深蓝色西装,西装拖到地上;蓝白
格子的长裤换成了黑灰条子的长
裤,裤腿盖住了双脚……

"你……"围裙妈妈惊讶得说不出话
来。

“我现在像个大哥哥吗？”大头儿子得意地问，忽然“扑通”一声，他踩在自己的裤腿上摔了一跤，刚要哭，但忍住了，大头儿子现在是大哥哥，大哥哥摔跤是不哭的。

小饼干愣愣地看着这个衣服古怪的哥哥，忽然，她吸吸塌鼻子，“哇”地大哭起来，嘴里连连说："害怕！害怕！"

后来整整一个下午，大头儿子还是穿着小头爸爸的这套西装，他不玩玩具，不睡午觉，不用调羹吃饭；他自己刷牙、自己洗脸、自己换睡衣……

哎，小饼干晚上睡在哪里呢？大头
儿子忽然想到这个问题，就从自己的小
屋里跑出去，到客厅里看看，没有小饼
干；到厨房里看看，没有小饼干；到书
房里看看，也没有小饼干。难道小饼干
睡在壁橱里？大头儿子打开壁橱的门，里
面黑漆漆的，什么也看不见。

大头儿子就跑到爸爸妈妈的大卧室
里去问一问，可他一走进去就呆住了，然
后嘴巴撇了撇："不嘛……"他大哭起来，
大头儿子终于又变成了大头儿子。原
来，他看见爸爸妈妈的大床一边，多出

了一张小床，就好像多出了一只难

看的耳朵一样，让大头儿子心里真不舒

服。

"你们喜欢小饼干就不喜欢我了，

呜、呜……"他伤心地哭着，用手去推爸

爸抱着的小饼干，"你出去！出去！他们

不是你的爸爸妈妈……"

后来，小头爸爸只好去小房间把大

头儿子的小床也搬过来，紧挨着大床

的那一边放。大头儿子这才高兴地说：

"看，大床长出了两只耳朵！"

fēi cháng tè bié de liǎng gè xiǎo shí
非常特别的两个小时

jīn tiān shì Xiǎo tóu bà ba hé Wéi qún
今天是小头爸爸和围裙

mā ma de jié hūn jì niàn rì　　tā men zài
妈妈的结婚纪念日，他们在

Dà tóu ér zi de yí zài qǐng qiú xia　jué dìng
大头儿子的一再请求下，决定

待在厨房里两个小时不出来，烧几个

菜、喝一点酒自己庆祝一下。而小饼干

就交给大头儿子照管两个小时，在这

两个小时里由大头儿子给小饼干喂奶、

喂水，还哄她睡觉。

大头儿子真是高兴死了，他早就想

这么做了！

天快黑的时候，围裙妈妈和小头爸

爸就被大头儿子关进了厨房间。

嘿！现在家里就等于只有两个人：

小饼干和大头儿子。大头儿子搀着小饼

干这儿走走，那儿看看，一下觉得这屋子

105

又大又安静。大头儿子忍不住轻轻笑起来，他觉得现在他才是真正的哥哥。

大头儿子带小饼干玩了一会球，就准备给小饼干喝水了。

他先把喝水的奶瓶涂成橙色的，然后往里面倒了白开水，就举着对小饼干说："瞧，哥哥现在要给妹妹喝橙汁了，它又甜、又酸，好喝极了！"小饼干一听，赶紧接过奶瓶，扬起脖子"咕嘟咕嘟"喝起来。

大头儿子带着小饼干玩了一会"烧饭饭"，就准备给小饼干喂奶了。

他又把喝奶的奶瓶涂成巧克力颜色的，然后往里面冲好奶粉，就对小饼干说："看，哥哥今天给妹妹做了最最好吃的巧克力奶，它比冰淇淋还要好吃，你要不要？"

小饼干看着巧克力颜色的奶瓶，惊喜地连声说："要的！要的！"大头儿子就让小饼干坐在地毯上，然后自己也坐下给小饼干喂，小饼干吃得可香哩！

"噢！现在妹妹要睡觉喽！"大头儿子放下奶瓶，替小饼干擦擦嘴，就把她带到小房间里——咦，小床？小床怎

me biàn yàng le　bù zhī dao shén me shí hou　xiǎo bǐng gān píng
么变样了？不知道什么时候，小饼干平

rì li shuì jiào de xiǎo chuáng　yǐ jing bèi zhuāng bàn chéng le
日里睡觉的小床，已经被装扮成了

yì jié piào liang de xiǎo huǒ chē tóu
一节漂亮的小火车头。

　　　yào shuì de　　yào shuì de　　wǎng cháng zǒng bù kěn
　　"要睡的！要睡的！"往常总不肯

shàng chuáng shuì jiào de xiǎo bǐng gān　jīn tiān què zì jǐ zhuā
上床睡觉的小饼干，今天却自己抓

zhe chuáng lán yào wǎng lǐ miàn pá　Dà tóu ér zi shēn shǒu
着床栏要往里面爬。大头儿子伸手

bāng le tā yí xià　tā jiù pá jin qu le　děng xiǎo bǐng gān
帮了她一下，她就爬进去了。等小饼干

yì tǎng xià　Dà tóu ér zi jiù tuī zhe yóu tā zhì zào de xiǎo
一躺下，大头儿子就推着由他制造的小

huǒ chē chuáng zài xiǎo fáng jiān li　yì biān tuī lai tuī qu　yì
火车床在小房间里一边推来推去，一

biān　wū wū　jiào　kě xiǎo fáng jiān tài xiǎo　tā yòu　wū
边"呜呜"叫，可小房间太小，他又"呜

wū　jiào zhe wǎng kè tīng li tuī　kě kè tīng yě bú dà　Dà
呜"叫着往客厅里推，可客厅也不大，大

tóu ér zi jiù qiāo qiāo dǎ kāi dà mén　gān cuì bǎ xiǎo huǒ chē
头儿子就悄悄打开大门，干脆把小火车

108

chuáng cháo wài mian tuī qù le
床　朝外面推去了。

　　yí huì er　　chú fáng li de bà ba mā ma hū rán fā
　　一会儿，厨房里的爸爸妈妈忽然发

xiàn wài mian méi le shēng yīn　　yǐ wéi tā men liǎ dōu shuì
现外面没了声音，以为他们俩都睡

zháo le ne　　biàn qīng qīng de zǒu chu lai　　zǒu jìn xiǎo fáng
着了呢，便轻轻地走出来，走进小房

jiān
间……

　　　　yí　　zěn me méi you rén　　Wéi qún mā ma jiào zhe
　　"咦？怎么没有人？"围裙妈妈叫着，

suí shǒu yòu ná qi nà liǎng zhī yǒu yán sè de nǎi píng qí guài
随手又拿起那两只有颜色的奶瓶奇怪

de wèn　　zhè shì nǎ li lái de
地问，"这是哪里来的？"

　　　　āi yā　　bù hǎo　　xiǎo bǐng gān de chuáng zěn me yě
　　"哎呀！不好！小饼干的床怎么也

bú jiàn le　　Xiǎo tóu bà ba zhuǎn shēn dào qí tā fáng jiān qù
不见了！"小头爸爸转身到其他房间去

zhǎo　　jiù zài tā men zháo jí de bù zhī gāi zěn me bàn shí
找。就在他们着急得不知该怎么办时，

què kàn jian cóng dà mén wài mian kāi jin lai yì jié xiǎo huǒ chē
却看见从大门外面开进来一节小火车

^{tóu} ^{lǐ miàn de xiǎo bǐng gān yǐ jing shuì zháo le wài mian de}
头，里面的小饼干已经睡着了，外面的

^{Dà tóu ér zi hàn liú mǎn miàn qì chuǎn de bǐ xiǎo bǐng gān}
大头儿子汗流满面，气喘得比小饼干

^{de hū lu shēng hái yào xiǎng}
的呼噜声还要响！

qí miào de shì jiè

奇妙的世界

Dà tóu ér zi zài jiā mén qián de kòng dì shang bǎi
大头儿子在家门前的空地上，摆

fàng zhe yì pái dà dà xiǎo xiǎo de dèng zi
放着一排大大小小的凳子。

mèi mei wǒ men lái kāi huǒ chē lou Dà tóu ér zi
"妹妹，我们来开火车喽！"大头儿子

yì hǎn xiǎo bǐng gān jiù cóng wū li chū lai le tā xuǎn le
一喊，小饼干就从屋里出来了，她选了

dì èr zhāng hóng bǎn dèng zuò shang qu
第二张红板凳坐上去。

Dà tóu ér zi shì huǒ chē sī jī dāng rán yào zuò zài
大头儿子是火车司机，当然要坐在

dì yī zhāng lǜ dèng zi shang zhǐ jiàn tā shēn chu yòu shǒu
第一张绿凳子上，只见他伸出右手

wǎng kōng zhōng lā yí xià zuǐ li fā chū wū de
往空中拉一下，嘴里发出"呜——"的

111

长音,火车就开了。

"你要到哪里去?"司机问客人。

小饼干想了一下,回答:"到马路

上去。"

可火车开着开着,小饼干忽然站起

来要下车:"我要尿尿了!"

"不行,"司机严肃地说,"火车没有

停下你是不能下车的!"他边说,边往

后伸出一只手摁住小饼干不让她下

车,结果小饼干哭起来,裤子也尿湿了。

这下大头儿子只好停车,他看见小饼

干的裤子上湿了一大摊,就说:"你把屁

gu juē qi lai duì zhe tài yáng shài yi shài jiù huì gān de
股撅起来对着太阳晒一晒,就会干的。"

xiǎo bǐng gān biàn zhào Dà tóu ér zi de huà qù zuò bǎ
小饼干便照大头儿子的话去做,把

gē bo wǎng qián chēng zài dì shang pì gu duì zhe hóng hóng
胳膊往前撑在地上,屁股对着红红

de tài yáng
的太阳。

wǒ bǎ huǒ chē kāi chu qu dōu yì quān zài huí lai jiē
"我把火车开出去兜一圈再回来接

nǐ Dà tóu ér zi huí dào huǒ chē shang wū jiào
你。"大头儿子回到火车上,"呜——"叫

zhe bǎ huǒ chē kāi zǒu le
着把火车开走了。

xiǎo bǐng gān cóng liǎng tiáo tuǐ zhōng jiān kàn Dà tóu ér
小饼干从两条腿中间看大头儿

zi kāi huǒ chē tā kàn zhe kàn zhe gāo xìng de dà jiào qi lai
子开火车,她看着看着高兴地大叫起来:

zhēn hǎo wán gē ge zài tiān shàng kāi huǒ chē
"真好玩!哥哥在天上开火车!"

Dà tóu ér zi yì tīng jìng yě wàng jì tíng xia huǒ
大头儿子一听,竟也忘记停下火

chē jiù xià lai pǎo dào xiǎo bǐng gān páng biān yě bǎ liǎng
车,就下来跑到小饼干旁边,也把两

113

shǒu cháo qián chēng dì　　cóng liǎng tiáo tuǐ zhōng jiān kàn zì jǐ
手 朝 前 撑 地，从 两 条 腿 中 间 看 自 己

de huǒ chē 　　à 　 huǒ chē zài bái yún lǐ mian kāi 　 yì zhí kāi
的 火 车："啊！火 车 在 白 云 里 面 开，一 直 开

dào tài yáng nà er
到 太 阳 那 儿！"

　　　　tā men yòu kàn dào guo lai de fáng zi 　 dào guo lai de
他 们 又 看 倒 过 来 的 房 子、倒 过 来 的

shù 　　　zhēn shì kàn de hǎo wán sǐ le 　 kě kàn zhe kàn zhe
树……真 是 看 得 好 玩 死 了！可 看 着 看 着，

hū rán kàn jian yí gè shú xī de shēn yǐng tóu dǐng zhe tiān zǒu
忽 然 看 见 一 个 熟 悉 的 身 影 头 顶 着 天 走

guo lai le 　　 nǐ men liǎ zài gàn shén me
过 来 了："你 们 俩 在 干 什 么？"

　　　　yuán lái shì Wéi qún mā ma
原 来 是 围 裙 妈 妈！

　　　　Dà tóu ér zi lián máng zhàn qi lai 　　　mèi mei niào kù
大 头 儿 子 连 忙 站 起 来："妹 妹 尿 裤

zi le 　 wǒ jiào tā shài yi shài
子 了，我 叫 她 晒 一 晒。"

　　　　shì gē ge bú ràng wǒ xià huǒ chē 　　　xiǎo bǐng
"是 哥 哥 不 让 我 下 火 车……" 小 饼

gān gào su Wéi qún mā ma 　　Wéi qún mā ma dèng le Dà tóu ér
干 告 诉 围 裙 妈 妈。围 裙 妈 妈 瞪 了 大 头 儿

zi yì yǎn rán hòu dài xiǎo bǐng gān jìn wū huàn kù zi
子一眼，然后带小饼干进屋换裤子。

zǒu gēn wǒ qù chāo shì mǎi dōng xi Wéi qún mā
"走，跟我去超市买东西。"围裙妈

ma dài tā men lái dào chāo shì li
妈带他们来到超市里。

dāng Wéi qún mā ma tuī zhe gòu wù chē zài chū kǒu chù
当围裙妈妈推着购物车在出口处

fù qián de shí hou méi jiàn Dà tóu ér zi hé xiǎo bǐng gān gēn
付钱的时候，没见大头儿子和小饼干跟

chu lai tā yì niǔ tóu kàn jian tā men yòu xiàng gāng cái nà
出来，她一扭头，看见他们又像刚才那

yàng juē zhe pì gu cháo gāo gāo de huò jià shang dào kàn ne
样撅着屁股，朝高高的货架上倒看呢！

à jiǔ píng diào bu xià lái de Dà tóu ér zi liǎn
"啊！酒瓶掉不下来的！"大头儿子脸

biē de tōng hóng
憋得通红。

diào bu xià lái de xiǎo bǐng gān gēn zhe shuō liǎn
"掉不下来的！"小饼干跟着说，脸

hóng de xiàng yì zhī shì zi
红得像一只柿子。

Wéi qún mā ma lián máng pǎo guo qu bù xǔ zhè yàng
围裙妈妈连忙跑过去："不许这样

看东西！"他们只好站起来。

可当围裙妈妈出了超市，在路边

碰到一个熟人刚停下来说了几句话

时，只见大头儿子带着小饼干，又迅速把

屁股对着马路上来来往往的车，开心

地倒看起来……

小熊手电筒
xiǎo xióng shǒu diàn tǒng

今天，小饼干的爸爸妈妈要来接小
饼干一起出国了。

可就在小饼干要走的时候，大头儿
子却不见了！

"他会不会又在厕所里？"小头爸
爸想起小饼干刚来那会儿发生过

117

de shì qing
的 事 情 。

wǒ qù kàn kan　　dāng Wéi qún mā ma tuī kai cè suǒ
"我 去 看 看 。" 当 围 裙 妈 妈 推 开 厕 所

de mén　guǒ rán kàn jian Dà tóu ér zi zài lǐ miàn　zhǐ shì tā
的 门 ，果 然 看 见 大 头 儿 子 在 里 面 ，只 是 他

méi you zài guāng zhe pì gu　ér shì yòng shuāng shǒu jǐn jǐn
没 有 再 光 着 屁 股 ，而 是 用 双 手 紧 紧

wǔ zhù yǎn jing
捂 住 眼 睛 。

Dà tóu ér zi zài kū　yīn wei xiǎo bǐng gān yào zǒu le
大 头 儿 子 在 哭 ，因 为 小 饼 干 要 走 了 ！

Wéi qún mā ma shuō　nán dào nǐ bù chū lai sòng mèi
围 裙 妈 妈 说 ："难 道 你 不 出 来 送 妹

mei le　yě méi you shén me tè bié de lǐ wù gěi mèi mei dài
妹 了 ？ 也 没 有 什 么 特 别 的 礼 物 给 妹 妹 带

zǒu
走 ？ "

Dà tóu ér zi dùn shí bù kū le　tā cā gān yǎn lèi
大 头 儿 子 顿 时 不 哭 了 ，他 擦 干 眼 泪 ，

xiǎng le yí huì　jiù pǎo dào zì jǐ de xiǎo wū li　cóng yì
想 了 一 会 ，就 跑 到 自 己 的 小 屋 里 ，从 一

zhī chōu ti de zuì lǐ miàn　ná chu yí yàng píng shí lián pèng
只 抽 屉 的 最 里 面 ，拿 出 一 样 平 时 连 碰

dōu bú ràng xiǎo bǐng gān pèng de bǎo bèi
都不让小饼干碰的宝贝。

mèi mei　　zhè ge xiǎo xióng shǒu diàn tǒng sòng gěi nǐ
"妹妹，这个小熊手电筒送给你！

nǐ wǎn shang zài chuāng kǒu dǎ kāi　　gē ge jiù huì kàn jian
你晚上在窗口打开，哥哥就会看见

de　　Dà tóu ér zi bǎ shǒu diàn tǒng sāi gěi xiǎo bǐng gān de
的。"大头儿子把手电筒塞给小饼干的

shí hou　　xīn li hū rán kuài lè qǐ lai　　hǎo xiàng yǐ jing kàn
时候，心里忽然快乐起来，好像已经看

jian zài yè wǎn de chuāng kǒu shang　　yǒu yí dào míng liàng de
见在夜晚的窗口上，有一道明亮的

guāng　　hū shǎn hū shǎn　　　　nà jiù shì tā sòng gěi xiǎo bǐng
光，忽闪忽闪——那就是他送给小饼

gān de xiǎo xióng shǒu diàn tǒng ya　　tā jiù néng kàn jian xiǎo
干的小熊手电筒呀！他就能看见小

bǐng gān zhèng jǔ zhe shǒu diàn tǒng　　zài yè wǎn de chuāng kǒu
饼干正举着手电筒，在夜晚的窗口

chòng tā hǎn　　gē ge
冲他喊："哥哥——"

xiǎo bǐng gān zǒu le　　yè wǎn dào lai le
小饼干走了，夜晚到来了。

Dà tóu ér zi bù kěn dào cān tīng li qù chī wǎn fàn
大头儿子不肯到餐厅里去吃晚饭，

tā yào pā zài chuāng kǒu děng xiǎo xióng shǒu diàn tǒng
他要趴在窗口等小熊手电筒。

mèi mei hái méi dào li　　xiàn zài hái zài fēi jī shang
"妹妹还没到哩，现在还在飞机上

ne　　Wéi qún mā ma shuō zhe yào lā tā zǒu
呢！"围裙妈妈说着要拉他走。

bù ma　　Dà tóu ér zi bú yuàn yi lí kāi　　yào
"不嘛！"大头儿子不愿意离开，"要

shi mèi mei zài fēi jī de chuāng kǒu shang dǎ kāi xiǎo xióng shǒu
是妹妹在飞机的窗口上打开小熊手

diàn tǒng　　wǒ zǒu diào le　jiù kàn bu jiàn le
电筒，我走掉了就看不见了！"

Wéi qún mā ma zhǐ hǎo bǎ fàn duān dào chuāng kǒu lái
围裙妈妈只好把饭端到窗口来

ràng Dà tóu ér zi chī
让大头儿子吃。

shuì jiào le　　Dà tóu ér zi bù kěn guān shang chuāng
睡觉了，大头儿子不肯关上窗

hu　lā shang chuāng lián　shuō　　zhè yàng wǒ jiù tīng bu jiàn
户、拉上窗帘，说："这样我就听不见

dà fēi jī de shēng yīn　　kàn bu dào xiǎo xióng shǒu diàn tǒng
大飞机的声音、看不到小熊手电筒

le
了！"

大头儿子躺在 床 上 , 眼睛死死地

盯住漆黑的天空 , 还好这天夜晚没有

星星 , 不然大头儿子就分不清那到底是

星星还是小 熊 手电筒?

就在大头儿子的眼睛越来越小 、越

来越细的时候 , 忽然从 窗 外传来"隆

隆"的飞机 声 , 大头儿子愣了愣 , 忽然

瞪大眼睛跳起来 , 把耳朵搁到 窗 外:

"隆隆隆隆……" 啊! 真 的是大飞机的

声音 , 它越来越近 , 越来越 响 。大头儿

子又跟着声音 , 用眼睛在黑布一样的

天空 上 面寻找着 , 寻找着 , 哈! 找到

了！他终于在茫茫夜空中，看见了

一束在快速向前移动的灯光……

"小头爸爸！围裙妈妈！我看见小熊

手电筒啦！"他大叫着冲进爸爸妈妈的

房间。

爸爸妈妈高兴地看着，都说那肯定

就是小熊手电筒，肯定是小饼干举

着它。

"小饼干！我在这里！"大头儿子激

动地挥着双手，冲天空一遍遍地呼

喊，直到看不见小熊手电筒、听不到

"隆隆"的飞机声！

图书在版编目(C I P)数据

打不开的门/郑春华著.—上海：少年儿童出版社，
2008.1
("大头儿子和小头爸爸"拼音版)
ISBN 978-7-5324-7488-2

Ⅰ.打... Ⅱ.郑... Ⅲ.汉语拼音—儿童读物 Ⅳ.H125.4
中国版本图书馆CIP数据核字 (2007) 第172367号

"大头儿子和小头爸爸"拼音版
打不开的门
郑春华 著
叶雄图文工作室 画
朱　慧 扉页图
费　嘉 装帧

责任编辑 童海青　美术编辑 费　嘉
责任校对 陶立新　技术编辑 裘兴海

出版:上海世纪出版股份有限公司少年儿童出版社
地址:200052　上海延安西路 1538 号
发行:上海世纪出版股份有限公司发行中心
地址:200001　上海福建中路 193 号
易文网:www.ewen.cc　少儿网:www.jcph.com
电子邮件:postmaster @ jcph.com

印刷:上海商务联西印刷有限公司
开本:889×1194　1/32　印张:3.875　字数:24 千字　插页:4
2010 年 2 月第 1 版第 5 次印刷
ISBN 978-7-5324-7488-2／I·2703
定价:10.00 元